向日葵のある台所

秋川滝美

角川文庫
22379

目次

第一章　微かな痛み

すとん、すとん、すとん、すとん……

包丁とまな板は絶え間ないリズムを刻む。

薄切りにされた胡瓜《きゅうり》が包丁の刃を下から上へとずり上がり、やがて剝《は》がれ落ちる。

まな板の上で小さな山になっていく胡瓜を見るたびに、苦い思いがこみ上げる。

――あなたはどうしてそんなに横着なの。そんなに分厚く切っては駄目。もっと丁寧に刻みなさい。薄く、向こうが透けそうなぐらいにするのよ。

心の奥底から浮かび上がろうとする記憶を、麻有子《まゆこ》は必死に抑えつける。

けれど、胡瓜はとても使い勝手の良い野菜で、週に一度、どうかすると二度、三度と食卓に登場する。乱切りにして塩昆布と胡麻油で和えたり、スティックで味噌《みそ》やマヨネーズで食べたりすることもあるが、麻有子は薄切りにして使うことが多い。

薄く切った胡瓜は和え物にするととても美味《おい》しい。しかもポン酢、マヨネーズと何でもござれ、使う調味料によって和風にも洋風にもできる。ツナやコンビーフ、蟹などの缶詰を使うことでボリューム感を出すことも可能だ。これほど便利な野菜を、食卓から除くことなどできっこないのだ。

だから、今日も麻有子は胡瓜を刻む。

すとん、すとん、すとん、すとん……とリズミカルに。

もういっそ、切っただけで済ませたい。このまま買い置きの缶詰と混ぜて、マヨネーズと塩胡椒《こしょう》で味をつけ、仕上げに醬油《しょうゆ》を一垂らしすれば、サラダはできあがる。

だが、そうすればそうしたで、またあの声が聞こえてくる。

——またそんないい加減なことをして。あなたはいつも、楽をすることしか考えてない。

自分の中から聞こえてくる声から逃れたい一心で、麻有子はボウルに粗塩を振り入れる。

闇雲《やみくも》に箸《はし》でかき混ぜ、ボウルの中の胡瓜に粗塩を馴染《なじ》ませる。濡《ぬ》らしたキッチンペーパーをボウルに被《かぶ》せ、麻有子は壁の時計を見上げる。

五分？　いいえ、それじゃだめ。

十分？　まだ足りないかも。

十五分？　そうね、それだけ置けばきっと大丈夫……でも念のためにもうあと五分。

これなら大丈夫、とボウルの中を覗《のぞ》き込むころには、胡瓜はしんなりを通り越して、へなへな。そしてここぞとばかり振り入れた粗塩をしっかり吸って古漬けもかくや、といわんばかりのしょっぱさになっている。

一段と濃さを増した緑に顔をしかめつつ、麻有子は胡瓜を笊《ざる》に移し、水で洗う。どれだけ洗っても、胡瓜とあの声の塩辛さから逃れることはできない。

いつもこうなのだ。

薄切りの胡瓜は塩揉《も》みすることで食感が良くなり、調味料にも馴染みやすくなる。もしかしたらそんな手間をかけない人もいるのかもしれない。いっそなしで済ませたいと願いながら、過剰なほどに塩揉みしてしまうのは、過去の傷が痛いからだ。

まだ、すとん……すとん……すとん……としか、胡瓜が切れなかったころ、麻有子はやっぱり今のように薄切りにした胡瓜を塩で揉んだ。

いつもならちゃんとしんなりするまで待つのに、その日に限って洗い流すのが少し早かった。きっと、夕食の支度が遅れて気が急《せ》いていたのだろう。

おかげで胡瓜はまるで切っただけのようにぴんと張り、調味料を弾かんばかり。できあがった和え物の上に、深いため息が降ってきた。

――また手抜き。あなたは本当に横着だ。

――塩揉みはちゃんと……

――嘘つき！　横着な上に嘘までつくなんて、どうしようもない。

間違いなく塩揉みはした。ただ、置いた時間が短かっただけ……

そんな言い訳はするだけ無駄だとわかっていた。

この声はいつだって自分が、自分だけが正しいと信じている。そして、自分と意見を異にするものはことごとく否定する。理を説かれ、反論できなくなると押し黙り、あとは黙殺するのだ。

何を話しかけても答えは返ってこず、それどころか、話しかけることさえ躊躇《ためら》われるような空気を作り上げ、それは延々と続く。その間中、目で麻有子を責めるのだ。

そんな目にあうぐらいなら、反論などしないほうがいい。どうせ、この人は信じたいものしか信じない。この人にとって、私は嘘つきの横着者でしかないんだから……

その日、麻有子は声の主との関係を諦《あきら》めた。

温かくて、優しくて、何もかも受け入れてくれる。母という名の大いなる盾。そんなものは自分にはないと知ったのである。

×　×　×

森園《もりぞの》麻有子は四十六歳、美術館に勤める学芸員である。とはいっても、国立とか県立といった公共施設ではなく、とある家具販売会社の社長が趣味で集めた絵画を公開しているうちに来場者が増え、本格的な美術館を作りたくなって立ち上げた私設美術館である。

東京の郊外にあるため通勤には多少時間がかかるが、静かで広々とした敷地全体に樹木が植えられている。出勤するだけで森林浴ができてしまうという環境が、麻有子は非常に気に入っているし、学芸員という仕事に愛着と誇りも感じていた。

子どものころから、暇さえあれば図書館や博物館に行った。図書館は無料で何時間でもいられるし、麻有子が子ども時代を送った町の博物館は入場料が格安……というか、高校生以下なら無料だったのだ。建物は古いし、中に入るとなんだかどんよりと暗い。よほど大きな企画展でも開かれない限り、入館者はほとんどいなかった。

美術館も然《しか》り。麻有子が暮らした町に美術館ができたのは、麻有子が中学生ぐらいのときだったと思う。

開館当時こそ観覧者で溢《あふ》れかえったが、教科書に載っているような有名作品を多数所蔵しているわけではなかったため、物珍しさが薄れたあと、訪れる人は徐々に減っていった。

人気《ひとけ》のない博物館や美術館でのんびり過ごすのは、麻有子にとって至福の時間で、それが高じて、大学に入るころには、博物館や美術館で働きたいと思うようになったのである。

進学にあたって学芸員資格が取れることが必須条件だったのは言うまでもない。学芸員は、規定の講座の単位を取りさえすれば得られる資格である。比較的取得しやすいということで、学芸員資格を取ろうとした学生は少なくなかった。だが、その中で、本気で学芸員を目指したのは麻有子ひとりだったと思う。自分で言うのもなんだが、何度かおこなわれた実習でも、サボりも居眠りもせず、真剣に参加していたのは麻有子だけだった。

麻有子が実習に行ったのは、中高時代散々通い詰めた博物館だった。

麻有子の大学は東京にあり、実習に適した美術館、博物館もたくさんあった。もちろん、麻有子だって東京で実習を受けたかった。けれど、いくら施設が多くても受け入れられる人数は限られ、抽選の結果、麻有子の希望は叶《かな》わなかった。やむなく、郷里の博物館に訊《たず》ねたところ、運良く引き受けてもらえたのだ。

館の都合で実習は連日ではなく、週末も休みになる日が多かった。そのため実習期間は都合三週間に及んだが、麻有子は空き時間もせっせと博物館に通い、独自の作品目録を作り上げた。

それは年齢、あるいは学年別に、絶対に観るべき展示物を並べ、それについて詳しく書かれた資料目録まで添えたものだった。しかも、書籍だけではなく漫画も混じっている。

活字離れが激しいと言われる今、小難しい文章が並んだ本を手に取る人は少ないだろう。そんな人でも漫画なら読むかもしれない。どんな形でもいいから、その展示物について知ってほしい。そんな気持ちから、麻有子は資料目録に漫画を入れたのである。

学芸員の何人かは、中高生の間、頻繁に来ていた麻有子を覚えていて、麻有子が作った目録をずいぶん面白がってくれた。こういう新しい視点を持った学芸員がほしい、採用の機会があれば候補に挙げたいものだ、なんて褒められ、大喜びしたものの、その年、郷里の学芸員の募集はなく、麻有子がその博物館で働くことはなかった。

もっとも、実際に募集があったとしても、応募したかどうかはわからない。いや、おそらく応募はしなかっただろう。

あの町に戻って働くことが自分にとってプラスとは思えない。たとえ学芸員として就職できなかったとしても、自分は東京に残りたいと強く思っていた。

いずれにしても、郷里の自治体での学芸員の募集はなく、東京近郊の公務員専門職試験に合格することもできなかった。合格者のほとんどが大学院修士、あるいは博士課程の修了者だと聞いたから、学部卒の麻有子には荷が勝ちすぎていたのだろう。

その時点で麻有子は、大学院に進学し、卒業後再挑戦するか、諦めて一般企業の採用試験を受けるか決めかねていた。

そんな折、麻有子は大学の指導教官から、東京郊外にある私設美術館が学芸員を募集するらしいと教えられた。採用枠はたったの一名だが、ダメ元で応募してみてはどうか、というのだ。

正直、当時の麻有子は自分の就職先として、私設美術館を視野に入れたことはなかった。公務員として勤めることしか考えていなかったのだ。

教授が情報をくれたのは、まだ設立して五年も経っていない美術館で、麻有子は名前を聞かされても、そういえばそんな美術館があったな、ぐらいの認識だった。

麻有子の美術館、博物館好きは大学生になってからさらに拍車がかかり、暇さえあれば足を運んでいたが、その美術館を訪れたことはなかった。なんせ東京には二十三区内だけでも、相当な数の博物館、美術館があり、催事もどんどん変わる。時間には限りがあるし、行くだけで一時間近くかかるような場所にある館は後回しになってしまったのだ。

だが、学芸員の募集があるとなったら話は別だ。美術館好きの自分ですら訪れたことがない、なおかつ歴史の浅い美術館なら、知っている人間が少なくて競争率が下がる可能性もある。もしかしたら学部卒でも採用試験を突破できるかもしれない。

麻有子は、指導教官から話を聞かされたその足で郊外に出かけた。そして、森の中に建てられた安代《あじろ》美術館を見たとたん、すっかり魅せられてしまったのである。

とにかく建物がお洒落《しゃれ》だった。これを造った建築家が有名なのかどうかはわからない。だが、麻有子はとにかく、この建物が好きだと思った。外から眺めるのも素晴らしかったが、中に入ったとたんになんだかほっとするような空気を感じたのだ。

一日中ここにいて、片っ端から作品を見て回りたい。全部見終わっても、もう一度最初から見直したい。二度でも、三度でも……。

建物だけでそんな風に感じさせられたのは安代美術館が初めてだった。さらに、所蔵作品には統一性があり、コレクションの持ち主のはっきりとした意図を感じた。館内のいたるところに、写真と見まがうような画がかけられ、精密画で世界一の美術館を創りたい、という強い意志がそこここから浮き出ているようだった。

――私はこの美術館が好きだ。ここで働きたい。

麻有子は強くそう思い、安代美術館採用試験に応募した。

いざ蓋《ふた》を開けてみると、一名の採用に対して五十人以上の応募者が殺到した。絶対無理だろうと思いつつも、諦める気にはなれなかった。そもそも『ダメ元』の話なんだから、と自分を鼓舞して受験したが、採用通知が来たときは我が目を疑ったものである。

『いやはや、本当に君が受かるとはねえ……』

教授は呆《あき》れ半分、安心半分の表情でそう言った。

そのとき彼には、勝因はこの館で働きたいという気持ちの強さ、その一点のみだと分析されてしまったが、確かにそのとおりかもしれない。さもなければ、軒並み大学院卒ばかりの応募者の中から、麻有子が選ばれるわけがなかった。

『とにかく、せっかく得た職場だ、末永く勤められるよう励みなさい』

『もちろんです！』

卒業式のあと、教授とそんな会話を交わし、麻有子は意気揚々と安代美術館に就職した。言われるまでもなく、辞めるつもりなど毛頭なかった。

ここで働きたいという気持ちはもちろん、あの高倍率を乗り越えて手にした職を手放すつもりはない。やり甲斐《がい》は十分だし、同僚も皆、いい人そうだ。それに女性の既婚者や、子どもを持っている人が多い。きっと結婚や出産が離職理由にならない、サポートの厚い職場なのだろう、と考えたのである。

そして、その後麻有子は、身をもって自分の判断が正しかったことを知る。なぜなら、妊娠中に離婚し、ゼロ歳児を抱えるシングルマザーとなったからだ。


麻有子と同い年の元夫は外資系の証券マンだったが、もともと子どもを持つことに前向きではなかった。それは、麻有子が彼との結婚を選んだ理由のひとつでもある。

そもそも、麻有子の両親は不仲だった。そんな両親を見て育った麻有子が結婚生活に夢など持てるわけもなく、自分は結婚しないだろうとすら思っていた。それでも結婚したのは、頭のどこかに『結婚して一人前』という意識があったからだろう。

元夫とはけっして運命の出会いなんかではなかったが、この人とならお互いにやりたいことを捨てずに生きていける気がした。とはいえ、もしも彼が子どもはいらないと明言していなければ、夫婦になることはなかっただろう。

ところが、いざ結婚してみたら、麻有子のほうがなぜか急に子どもが欲しくなった。おそらく、女性あるいは生物としての種の保存願望のなせる業だったのだろう。そして、何の根拠もなく同じ願望が元夫にもあるはずだと信じ込んだ。種の保存本能は、男性のほうが強いはず、今はいろいろ言っているが、実際に子どもができたらかわいがってくれるだろうと……

麻有子はその時点で三十一歳、のんびりしていられない年齢だという自覚もあり、子どもを作ることを急いだ。元夫も渋々ながら協力してくれた。

夫にしてみれば、そう簡単に妊娠しないだろうという心づもりがあったに違いない。なんせ麻有子はもともと健康そのものという感じではなかったし、仕事から受けるストレスも小さくなかったからだ。

ところが、妊娠は難しい、するにしてももっと先だろうという夫の予想を大きく裏切り、麻有子は避妊をやめて二ヶ月ほどで妊娠してしまった。

夫は唖然《あぜん》とし、嘆き悲しんだ。あまつさえ、産まずにすむ方法まで口にしたのだ。これには麻有子は心底絶望した。それと同時に、きちんと話し合わないままに妊娠に及んでしまった自分の浅はかさを悔いた。それでも、子どもは既にお腹の中にいる。そもそも、少なくとも麻有子にとっては、心底欲しくて授かった命なのだ。

――私は母親としてこの子を守る。何が何でもこの子を産む。この人がそれをよしとしないのも仕方がない。もともと彼はそう言っていた。自分の考えが変わったからといって、彼もそうなると期待した私が悪い。なによりひとつの命を、なかったことにしろ、なんて口に出せる相手と暮らしていくことはできない。

そして麻有子は、離婚という形で彼を父親が担うべき役割から解放した。生物学上の父親であることは否めない。けれど、それ以上は一切求めないと決めたのだ。

『考えを変えたのは私だし、ちゃんと話し合わないままに子どもを作ろうとしたのも私。だからこの子は、私が育てます』

そんな言葉とともに、麻有子は夫に緑色の文字で書かれた用紙を差し出した。麻有子は署名捺印《なついん》済み、夫もその場で空欄を埋め、夫婦の歴史はあっけなく終わりを告げた。

これはあとでわかった話だが、夫は当時、職場に浮気相手がいたらしい。麻有子よりずっと若くてきれいな独身女性、『身体の線《の》が崩れるから』という理由で子どもを産まないと宣言していたそうだ。ふたりは会社の呑み会や慰安旅行で意気投合し、休日に一緒に出かけることもあったという。

麻有子は週末に休みにくい仕事をしていたから、元夫とはすれ違いばかり。たまに休日が重なっても、溜《た》まった家事をこなすのに精一杯で遊びに行く気力すら残らないほどだった。

多趣味で外出好きの夫にとっては、それも不満のひとつだったのだろう。あらゆる意味で浮気相手は夫に似合う女性だった。

彼が既に、麻有子と別れてその人と一緒になることを考えていた可能性もある。だとすれば、麻有子から離婚を言い出されたのはラッキーそのもの。道理で話が早いわけだ、と苦笑いしてしまった。

周りには、慰謝料を請求すべきだと言う人もいたが、麻有子は夫の浮気を知った時点で辟易《へきえき》し、交渉のために彼に関わることすら嫌になっていた。それに、子どもについての意見の相違が離婚の最大原因、なおかつ考えを変えたのは自分なのだ。本来、慰謝料を請求されるのは自分だったかもしれないのに、夫の浮気で相殺されたのだから、麻有子にとってもラッキーなことだった。

かくして、ふたりはそれまで暮らしていた賃貸マンションを引き払い、麻有子は職場近くの借り上げ寮に入居した。狭い1DKだったが、親子ふたりの暮らしには問題ない。どうせ子どもはどこかに預けねば働けないし、部屋には寝に帰るだけなのだ。

部屋は古いながらも南向きで日当たり良好。職場が近くなったこともあって、麻有子は出産ぎりぎりまで仕事を続けることができた。

それもこれも、すべて妊娠中に離婚することになった麻有子を心配した上司が計らってくれたことだ。上司のおかげで、一番近い社員寮にも入居できたし、日当たりの良い部屋をあてがってもらえた。本来は単身用、しかも年度替わりのときでなくては入居できない寮に、途中入居が許されたのも、上司の交渉の賜だった。

もちろん、職場がそこまで麻有子を優遇してくれたのは、それまでの働きを評価されたことに加えて、産後半年で職場に戻るという条件あってのことだ。産休に加えて一年の育児休暇を限度一杯まで取るようであれば、あの優遇はなかっただろう。

待機児童問題が取りざたされる昨今だが当時も、近くに六ヶ月児を受け入れてくれる保育園が見つかったことは幸運だった。無認可保育園で保育料もいささか高かったが、背に腹は代えられない。とにかくどこかに預けなければ、麻有子は職を失い、親子の暮らしを維持することができなかっただろう。

別れるにあたって、麻有子は夫の転居先を訊《き》かなかったし、夫も同様だった。

もちろん、携帯電話の番号やメールアドレスは知っていたから、必要があればいつでも連絡はできた。万が一、生まれた子どもが父親に会いたがったときは、そこに連絡すればいいし、夫が会いたがったときも、電話なりメールなりで連絡してくるだろうと思っていた。

だが、これまで元夫から会わせてくれと言われたことはなく、父と子はお互いの姿を見ることなく、十年以上の月日が流れていた。

× × ×

母と子の暮らしが始まってから十四年が過ぎた。麻有子は生まれた子どもに『葵《あおい》』という名をつけ、それなりに充実した日々を送っていた。

その間に麻有子は社員寮から、小さな一軒家に引っ越しをした。

実は、麻有子は、子どもを産んですぐのころから一軒家に住みたいと思っていた。だが、周りから、女ふたりに一軒家は物騒だ、マンションやアパートのほうが身軽だし、経費も抑えられると言われ、一度は諦めた。けれど、やはり諦めきれず、物件を探し続けた。それはきっと、麻有子自身が、小さいとはいえ庭つきの一軒家で育ったせいだろう。

引っ越しをしたのは子どもが保育園卒園間際のことだ。条件に合う物件を見つけるのが難しく、なかなか決まらなかったけれど、小学校に上がる前までに引っ越せたのは幸運だった。

一階に居間とそれに続く和室、台所と風呂《ふろ》とトイレがあり、二階にも六畳の和室ふたつと四畳半の洋室があった。しかもふたつの六畳間は襖《ふすま》で隔てられているだけなので、外せばひとつの部屋として使うこともできる。小さいながらも庭もあり、なんとか車も置けた。そんな物件が破格の家賃で貸し出されたのは、駅までの遠さと建物の古さによるものだった。

築五十年の木造住宅、しかも最寄り駅までバスで十五分というのはやはり条件が良いとは言えなかったのだろう。特に、そんな家を必要とするのはある程度子どもが大きくなっている家族で、大人はともかく子どもの通学を考えたら二の足を踏みたくなる。その物件がある町にはかなりたくさんの賃貸物件があったから、もっと良い条件の家がいくらでもあっただろう。

だが、我が子が電車に乗って学校に通うようになるのはまだまだ先だ。麻有子の職場にしても、最寄り駅からでは乗り換えが必要だったため、バスで乗り継ぎ駅まで行き、そこから電車に乗ったところでかかる時間は大差ない。

なにより、不動産屋に連れられて見に行った日、その家の庭には小さな向日葵《ひまわり》が咲いていた。

それを見た瞬間、麻有子の頭にある光景が浮かび上がった。

真っ青な空を背景に、すっくと伸びた向日葵――それは、葵を産んだ日、麻有子が窓から見た風景にそっくりだった。

葵が生まれたのは、八月のとある午後のことだった。

産後の経過観察を終え、麻有子は車椅子で病室に戻った。麻有子にあてがわれていたのは窓際のベッドで、そこに向かおうとしたとき、正面に真っ青な空が見えた。

その青さに惹《ひ》きつけられ、看護師に頼んで窓辺に寄ってもらった。窓から空を見たあと、視線を下に向けるとそこは大輪の向日葵――太陽を写したような花が咲いていた。

この花のようにおおらかに、人を惹きつける子どもに育ってほしい。そんな願いを込め、麻有子は夏の盛りを選んで生まれてきた子に葵と名付けたのである。

――この向日葵が咲く家で、この子を育てよう。

そう決意した麻有子は、その日のうちに契約を交わした。

生まれたときの1DKの部屋ばかりか、引っ越した家も日当たり良好。そのおかげかどうかはわからないが、葵は名前と麻有子の願いどおり、向日葵のようにすくすくと成長した。

中学二年生になった今、母子の目の高さは同じだ。おまけにまだ少しずつ伸びているから、麻有子の身長を追い抜く日も近いだろう。もしかしたら、身長百五十八センチでは小さい、せめて百六十センチを超えたい、という彼女の願いも叶えられるかもしれない。


十一月第四木曜日の午後、毎週木曜日は安代美術館の休館日にあたるため麻有子は休み、葵も学校の創立記念日で家にいた。

昼食の片付けを終え、たまには新聞でもゆっくり読もう、と座ったところに葵が下りてきた。

「お母さん、明日も休みだったよね？　なにか予定ある？」

翌日は勤労感謝の日で祝日である。本来、来館者が増えがちな土、日、祝日は休みづらい日ではあったが、安代美術館はその辺りも配慮に富んでいて、交代制で月に一度は週末や祝日に休めるようになっていた。その月に一度の休日が明日、従って麻有子は木、金が連休ということになっていた。そしてそれは、休日が決まったときに葵にも伝えてある。

わざわざ確かめるところをみると、どこか連れて行ってほしいところでもあるのだろうか、と思いながら麻有子は答えた。

「特に予定はないわよ。どこかに出かける？」

「天気も良さそうだしね……じゃなくて、もうすぐテストなの！」

「あ、そうだったわね」

連休になるとわかったとき、こんな機会は滅多にないから旅行にでも行こうか、と誘ってみた。ところが葵は、即座に断った。十二月に入るなり定期テストがあるというのだ。すっかり忘れていた自分を情けなく思いながら、麻有子は訊ねた。

「じゃあ、家で勉強？」

「うん。それでね、せっかくだから茜《あかね》ちゃんと一緒に勉強しようかなと思って」

瀬川《せがわ》茜は葵の親友で、小学校以来の付き合いだ。低学年のころはそれほど懇意ではなかったけれど、五年生、六年生と同じクラスになり、同時期に茜が父親を亡くしたこともあって急速に仲を深めた。同じ中学に上がり、二年生で再び同じクラスとなった今、ふたりは姉妹のように仲良しである。

とはいえ、積極的で友だちも多く、考えるより先に動くタイプの葵とは違い、茜は人見知りが強く熟考型。よくこのふたりが親友でいられるものだと思う反面、性格が真逆のほうがうまくいくのかもしれないとも思う。

現に、葵が勢いに任せて突っ走ろうとしたとき、茜が問題点を指摘して思いとどまらせることもあるし、尻込《しりご》みをする茜を引っ張って何かにチャレンジさせることもあるそうだ。

でこぼこは大きいけれど、お互いのでこぼこをうまくかみ合わせ、友情を深めているのだろう。

父親を亡くしたばかりの茜は、友だちが父親について語るのを聞くのが辛《つら》かったという。その点、生まれたときから父親が身近にいなかった葵は、日々の会話の中で『お父さん』という言葉を使わない。突然出てくる『お父さん』という言葉に誘発され、いなくなった存在を嘆く必要がないというのは、小学生の女の子にとっても救われることだったのだろう。

「へえ……ふたりでテスト勉強。珍しいわね」

「茜ちゃん、前のテストが相当ヤバかったんだって。これ以上成績が下がったら部活禁止になっちゃうから教えてほしいみたい」

「部活禁止？　それって先生がおっしゃってるの？」

「じゃなくて、茜ちゃんのママ」

「そっちか……」

茜は特に、成績が悪いというほどではない。おそらく中の上、もしかしたら上の下ぐらいかもしれない。

けれど、母親にしてみれば下がること自体が許せないらしく、小学生の時から学校の成績にこだわり、テストや提出物をこまめにチェックしていた。きっと、亡くなった父親の分までしっかり育てなければと躍起になっているに違いない。麻有子の母もある意味そういう人だったから、きっと父親不在の家庭の母親は、かなりの確率でそうやって自分を鼓舞しているのだろう。

「図書館に行こうかとも思ったんだけど、席の取り合いになるし、教えっこしたくてもおしゃべりはできないでしょ？　茜ちゃんちはアパートだし、うちでやるのがいいかなって。来てもらってもいい？」

テスト前に勉強をするということも、成績が下がりがちな親友を心配することも喜ばしい。せっかくの休日、のんびりしたい気持ちを抑え、麻有子はにっこり笑った。

「いいわよ。何時頃？」

「できれば午前中から……。あ、でも無理なら午後からでも！」

葵は上目づかいで麻有子の様子を窺《うかが》う。

目の高さが同じなのだからそんなふうにしたら見にくいだけなのに、あえてやるのは癖だからだ。

うんと小さいころから葵は、欲しいものや頼みたいことができるたびに、こんなふうに麻有子を窺った。母の背を追い抜きそうになっても、幼児のころと同じ仕草で頼み事をする娘に、麻有子は苦笑いになる。

自分で言うのもなんだが、麻有子はかなりの料理上手で、普段はもちろん、時間のある休日はかなり手の込んだ料理を作る。来客となれば盛り付けにも凝り、いかにも写真映えするものに仕上げるのだ。葵は時々写真に撮ってSNSに載せているようだから、茜も見て知っているはず。だからこそ、葵は麻有子が作るカフェ風ランチを振る舞いたい、実物を味わってもらいたいと考えたのだろう。

「はいはい。じゃあ、お昼も用意しましょうね」

「ほんと⁉　嬉《うれ》しい！　材料とか、下準備とか手伝うね！」

葵は心底嬉しそうな顔で笑い、早速買い物に行こうと誘ってくる。

新聞を読んだあと、ちょっとうたた寝でも……と思っていたが、娘に誘われて断るのもなんだ。どうせ買い物にはいかなくてはならないし、たまには外でお茶というのもいいだろう。

そう思った麻有子は、昼寝を諦め、さっさと身支度を始めた。もちろん、葵も鼻歌交じりに階段を上がっていく。きっと手持ちの洋服をすべて引っ張り出す勢いで、ああでもない、こうでもないとコーディネイトに勤《いそ》しむのだろう。

親友に頼られるほどの成績は、時間配分を考えて勉強している結果だ。買い物に行く時間があったら勉強しなさい、なんて野暮なことは言う必要がなかった。その証拠に、旅行に行こうかという提案はあっさり断ったのだから……

「お母さーん！　赤いセーター、縮んじゃったみたい！」

二階から元気な声が聞こえてきた。それはセーターが縮んだんじゃなくて、あんたが大きくなったのよ、とため息をつきつつ、麻有子はタンスから出したばかりのトレーナーを戻し、アンサンブルに変更する。

新しいセーターを買わねばならない。食材だけなら近くのスーパーで済むが、衣料品はショッピングモールまで足を延ばす必要がある。さすがに普段着のトレーナーというわけにはいかなかった。

「葵、そのセーター、今年はもう無理よ。新しいのを買うから、今日は別のにしなさい」

「えーこれ、お気に入りだったのに！」

「そんなこと言っても仕方ないでしょ。セーターは誰かさんに合わせて大きくなったりしないの」

「むー、残念。でもまあいいか。昨日、折り込み広告でいい感じのセーターが入ってたし」

なんだ、やっぱりアタリをつけていたのか。さては故意犯だな？　と苦笑いしつつ、麻有子は車のキーを握った。

「どこの広告？」

そこで葵が叫び返してきたのは、ショッピングモールに入っているファストファッションの店の名前だった。カラーバリエーションも豊富で値段もお手頃、次々サイズアウトする伸び盛りにはありがたい店だった。

「OK、じゃあそこに行きましょう。そのあと、カフェでお茶して、最後にスーパーね」

「やったー、フルコースだ！　お母さん、大好き!!」

「はいはい、さっさと支度して」

「りょうかーい！」

葵は依然として上機嫌で、それでも少しだけ時間をかけて支度をしてきた。

小さくなった赤いセーターの代わりに、緑のセーターを着ている。深い緑色が気に入って昨年の冬物処分セールで買ったものだが、今年の流行色がなぜか緑。葵は、私って予知能力があるんじゃない？　なんて散々自慢したものである。

緑のセーターにアイボリーのスカート、紺のコートというかにも中学生らしい装いの娘が助手席に乗り込むのを待って、麻有子は車を出した。

中古で買った軽自動車は今年で七年目なのに、至って快調。親子をどこにでも運んでくれる。

最初は車なんていらないと思ったけれど、駅は遠いし、大きなものや重いものを運んでくれる男手もない。やはり車はあったほうがいいと考えを変えた。

軽自動車を中古で買うなんて、と眉《まゆ》をひそめる人もあったが、中古でも車は車。引っ越しの際も、引っ越してから隙間家具やらなんやら細々とした買い物をするのにも大活躍してくれて、本当に買ってよかったと麻有子は思っていた。

「お母さん、車で行くなら、ついでにホームセンターにも寄ろうよ。洗剤や柔軟剤のストックがなくなりそうだし」

どちらが主婦だかわからないようなことを葵が言う。

葵は家事をよく手伝ってくれる……というよりも、きちんと分担してくれている。気まぐれに時間のあるときだけ、というのではなく、これとこれは自分の仕事と決めて、毎日やってくれているのだ。

洗濯もそのひとつだが、おかげで麻有子は洗剤や柔軟剤の使用状況がさっぱりわからなくなってしまった。ストックについても、葵に言われて初めてなくなっていることに気付くという体たらく。母親としていかがなものか、と落ち込む日もあるが、半分は仕方がないと諦めてもいる。

四十代も後半に差しかかり、体力は衰える一方だ。自分が働かねば生活はもちろん、葵の進学だってままならない。なにもかもひとりで背負い込んで倒れるわけにはいかない。そして、そのあたりは葵もわかっているようで、不服も唱えずに家事をこなしてくれる。きちんと畳まれた洗濯物を見るにつけ、良い子に育ってくれたなあ……と感謝するばかりだった。

「OK。じゃあ、最後にホームセンターに寄ることにしましょう」

「広告の柔軟剤、残ってるといいなあ……」

いつもより三十円も安いんだよ、と得意げに特売情報を披露する娘に、ますます目尻を下げ、親子の買い物三昧《ざんまい》の午後が始まった。

「お母さん、これどうかな？」

「いいんじゃない？　葵に似合いそう」

「色もすごくきれい。でもちょっと高いんだよね……」

そう言いながら葵が差し出してきたワインカラーのセーターには、四九八〇円という値札がついていた。

「『よんきゅっぱ』ってぼりすぎだと思わない？　せめて『さんきゅっぱ』、いや『にーきゅっぱ』だったら即決なんだけどなあ……」

「無理よ。まだシーズン始めだし、これ、すごく肌触りが良いもの。きっといい素材使ってるのよ」

「確かにすべすべ……。でもさーセーターなんて直に着るものじゃないし、インナー着ちゃえば関係なくない？」

「あんた、去年もそんなこと言って安いのにしたけど、結局首がちくちくするって着なくなっちゃったじゃない。そういうのを……」

「安物買いの銭失い、って言うんでしょ。わかってるよー」

いくら安くても着ない服はただの場所ふさぎでしかない。それぐらいなら多少値が張っても長い間気に入って着られる服がいい。それが麻有子の信条だった。

幼い子どもであれば、自分の好みなど関係なく、親が差し出すものを着る。だが、葵はもう中学生、好みもあるし品質の善し悪しだって判断できるのだ。しかも、今彼女が手にしているのは婦人物のMサイズだ。急激に太りでもしない限り、サイズアウトの恐れはないし、このブランドはファストファッションにしては品質が良いから、来年も十分着られるだろう。

「色もデザインも気に入ったなら、それにしときなさい」

「うん、そうする。ありがとう、お母さん。その代わり、お茶は我慢する」

チェーンのカフェでもふたりで行けば千円ぐらいはかかる。それを削れば……と葵は言う。中学生の娘にここまで心配されるなんて、とため息をつきつつ、麻有子は答えた。

「お母さんだってたまにはゆっくりお茶がしたいの。それに、先月はちょっと残業が多かったからお金は大丈夫よ」

「ほんと？　やった――！　じゃあ、期間限定のフラペチーノにしようっと」

冬だというのに……と呆れつつ、麻有子は支払いを終え、ショッピングモールの反対側にあるカフェに向かう。もっとも麻有子が飲みたいのは、身体の底から温まり、ほっとできる甘さのカフェラテ。年中元気いっぱいでクールダウンが必須の中学生には付き合いきれない。

さっきまで、お茶すら我慢すると言っていた葵は、レジカウンター横のスイーツに釘《くぎ》付《づ》け。

やっぱりね、と思いながら、麻有子は葵の好きなマフィンをひとつ注文し、空いている席に向かう。商品の受け取りは、嬉しい悲鳴を上げている葵の仕事にして、とりあえず座って足を休めたかった。

「もう、このマフィン最高！　どうしてこんなに美味しいの⁉」

葵がまた絶賛している。どこにでもあるようなアメリカンマフィンだし、ホイップクリームがたっぷり載ったフラペチーノと合わせるのはごめんだと思えるほどの甘さなのに、葵は来る度にこれを食べたがる。食べたはしからカロリーを消費してしまえる若い身体に羨望《せんぼう》を覚えてしまう。

いや、でもそればかりじゃないわね……と麻有子はカウンターで飲み物が出来上がるのを待っている葵の身体を眺める。

葵の身体つきは彼女の父親とそっくりである。おそらく、食べても太らない体質を受け継いだのだろう。消費カロリーが多い年代に加えて太らない体質なんてもはや敵なし、羨《うらや》ましいのを通り越して恨めしくなってくる。それと同時に、軽いやるせなさを覚えるのだ。たとえ生まれてから一度も会っていないとしても、親子は親子なのだと……

息子は母親に、娘は父親に似ることが多いらしいが、葵の体質は圧倒的に元夫寄りで、食べても太らないところや、細身で運動神経抜群に見えるのに、実はそれほどでもないところがそっくりだった。せめてもの救いは、目鼻立ちが似ていないことだろう。

いくら葵が楽天的な性格だとはいえ、生まれる前から自分を拒否した父親に似ているとしたらいい気はしないだろう。その証拠に、いつだったか古い父親の写真を見て『よかった……似てない』と呟《つぶや》いていた。

アルバムから元夫の写真だけを剝がすことはしなかった。葵自身が父親について知りたがったとき、やはり写真はあったほうがいいだろうし、何もかも否定して、なかったことにしたいほど元夫を憎んではいない。そもそも、それほどの執着がなかった。

憎悪は愛情の裏返しと言うが、結婚はすべきだし、この人ならなんとなく気が合いそう、などという理由で結婚を決めた麻有子は、元夫に対してそれほど強い感情を持つことができなかったのだ。

そんなふうに語る麻有子に、人は啞然とした。けれど、麻有子としては、一度は夫婦になった相手を終生憎み続けるよりも、それぐらいの心境にとどまれてよかった、これなら、葵が父親に会いたがったとしても、そう心を乱すこともないだろう、と考えているのである。

そんな麻有子の思いなど知るよしもない娘は、上機嫌でマフィンをぱくついている。やがて、フラペチーノの最後の一口を飲み終わり、満足そうに宣言した。

「休憩終了！　お母さん、次はスーパーだよ！」

「はいはい。ランチの支度ね。茜ちゃんは何が好きだったかしら？」

「グラタン！」

「じゃあ、鶏肉とマッシュルームと……」

そこで食材を挙げ始めた麻有子に、葵は躊躇いがちに訊ねた。

「鮭ってわけにはいかないかなあ……。茜ちゃん、苦手なんだって、あの鶏皮のぶつぶつしたところ」

そう言いながら、葵は魚売り場を目指す。鶏肉ではなく鮭と言うのは、葵自身、サーモングラタンが大好きだからだろう。仲良しのふたりは、食の好みも似ていた。

ところが、魚売り場に着いて生鮭のパックを見るなり、葵は前言を撤回した。

「うわ、高ーい。これじゃあ、鮭は無理だ。やっぱりチキングラタンにしよう。ぶつぶつが苦手なら、皮だけ取っちゃえば平気だよね」

去年、今年と鮭の不漁が続いているそうで、生鮭は鶏肉よりもずっと高い。葵は特売に一縷《いちる》の望みをかけたのだろう。

「いいわよ。たまのことじゃない」

お客さんでも来ない限り、サーモングラタンなんて作らない。滅多にあることじゃないのだから、今回は鮭を使おう。この子は茸《きのこ》も大好きだから、マッシュルームだけじゃなくて、シメジもたっぷり入れて……

そして麻有子は、えーでも……と遠慮する葵を押し切って、買い物カゴに生鮭のパックを入れた。

× × ×

「全然わかんない！　もうやだ、やめるー！」

「待って、待って、茜ちゃん。ちょっとずつやろう。ね、ほら、この公式を当てはめて……」

「わかんない、わかんない、わかんない！　公式なんて呪文みたいだよー！　なんで葵ちゃん、これがわかるの？　おかしいよ、宇宙人だよ！」

「誰が宇宙人よ！　これがわかる人がみんな宇宙人だったら、そこら中宇宙人ばっかりだよ。それに、そもそも地球人だって宇宙人なんだからね！　たまたま地球に住んでる宇宙人！」

「またそんな屁理屈《へりくつ》を言う――――！」

「屁理屈じゃないっ！」

葵の部屋から聞こえてくる会話に、麻有子は必死に笑いを堪える。

麻有子は常々、茜の成績は『悪いと言うほどではない』と捉《とら》えていた。だがそれが勘違いだったのか、と思いたくなるほど悲惨なやりとりは、今ふたりが取り組んでいるのが数学だからだ。

茜は中学に入ってから、特に二年生になって以降数学の成績が急降下したらしい。本人は『あたしって文系なんだよ』と諦めムードだそうだが、葵に言わせると諦めるのはまだ早いとのこと。

そもそも公式を『呪文』扱いするからいけない。意味を考えて覚えれば、必要に応じてちゃんと使えるのに……というのだ。

とはいえ、麻有子はどちらかと言えば茜に賛成だ。麻有子自身、さすがに中学校時代に数学に苦労することはなかったけれど、高校に入ったとたんに落ちこぼれてしまった。一年生の夏以降、数学の公式どころか授業が丸ごとお経、もしくは呪文にしか聞こえなくなったのだ。こんな問題がすらすら解けるなんて宇宙人だ、とは麻有子も高校時代にしきりに思ったことだった。

褒めたりなだめたりしながら、葵はせっせと茜に数学を教えている。これが終われば、今度は英語か社会、もしくは古典だろう。そうなったら、今度は茜が葵に教えるのかもしれない。でも、時計は既に十一時を回った。お腹も空いてきたころだろう……ということで、麻有子は一階に下り、オーブンを予熱し始めた。

牛乳に小麦粉とバターとコンソメキューブを入れ、くるくるとかき混ぜながら温めていく。昔はまず小麦粉をバターで炒め……なんてやっていたけれど、このやり方を知ってから断然ダイレクトに牛乳に入れる派になった。これでダマにもならず、焦げもせずちゃんとホワイトソースになるのだから、それまでの苦労はなんだったのだろうと思う。

この方法ならホワイトソースを作ることは億劫《おっくう》ではない。バターの高騰は気になるけれど、インスタントのグラタンミックスを使うよりもずっと本格的なグラタンが作れるし、ふたり分のグラタンに使うバターの量などたかが知れている。今日は三人分だけれど、それも接待用と考えれば十分許容範囲内だった。

なによりホワイトソースから手作りしたグラタンは、麻有子に細やかな充実感をくれる。ああ、私はちゃんとしたものを子どもに食べさせている。きっと大丈夫……と、安心するのだ。

何が大丈夫なのかと問われれば、明確に答えることはできない。

きつね色の焼き目がついたグラタンにフォークを入れ、ふうふう吹いて口に運ぶと、目の前で葵が同じことをやっている。『あっつぅ……』なんて恨めしげに、それでも九割方嬉しくてならないといった表情でこちらを見る葵に、小さな幸せを感じさせられるのだ。

それはきっと市販のミックスを使ったグラタンであっても同じなのだろう。それでもなお、一から手作りにこだわるのは、おそらく麻有子がそのように育ったからだ。

麻有子の母親も手作り至上主義だった。料理はおろか、食材そのもの、身の回りの物、はては小さな家具まで作れる物はみんな作ってしまう母に育てられれば、いわゆる『間に合わせ』に罪悪感を覚えるのは当然だ。

そう多い機会ではなかったけれど、手作りを諦め、時間をお金で買うようなことをするたびに、耳の奥に母の声が響く。

またあなたはそんなことをして……と。

だから麻有子はグラタンをホワイトソースから作る。他の料理も極力一から作る。そうこうしているうちに、一から作れないものは食卓にのせなくなった。罪悪感に駆られるぐらいなら食べないほうがいいと割り切ったのである。

まれに葵が、非常に手の込んだ、時間のかかる料理を食べたがることもあるが、そんなときは上手《うま》く誘導して葵自身に作らせる。幸い葵は料理が好きで、インターネットや料理本を駆使して新しい料理にチャレンジする。食材は買ってあげるから、と言えば、葵は面倒くさそうに、それでもちょっと嬉しそうに買い物に行って、台所に立ってくれるのだ。

葵に料理を教えたのは、彼女が小学校に入る前の年、必要に迫られてのことだった。最低限の料理を教えておけば、急な残業で麻有子の帰宅が遅れても、空腹を抱えて待っていなくてすむ。ご飯が炊けて味噌汁を作ることができれば、あとは冷蔵庫にある卵か干物、あるいは肉でも焼いて、トマトか胡瓜でも切れば一食済ませられる。

当初は葵が使えるように、粉末の出汁や合わせ調味料を買っておいた。食材も一人分ずつに分けて冷蔵庫に揃えておいたし、週末にまとめて副食を作り置きもした。だが、小学校高学年になるころから葵はそういったものに頼らなくなり、自分で買い物に行って好きな料理を作るようになった。

それどころか、残業で遅くなると連絡した日には、麻有子の分まで食事を作っておいてくれるようになったのだ。

小学生になるかならないかの葵に、ひとりで包丁や火を扱わせることの是非を問うている余裕なんかなかった。

まさに、必要に迫られてのことだ。ただし、台所に潜む危険についてはくどいほどに言い聞かせた。その甲斐《かい》あってか、今まで事故もなく来ている。もちろん多少手を切ったり、火傷《やけど》をしたりはあったけれど、それは麻有子とて同じことだ。台所に立つ人間で、こういった怪我をしたことがない人なんていないだろう。

そして中学生になった今、葵はすっかり料理上手になった。しかも麻有子が手を出したことがないパンやお菓子まで器用に作る。

去年の麻有子の誕生日は、葵がケーキを焼いてくれた。百均ショップで売っている小さな型を使ったスポンジケーキだ。ホイップクリームも一番安い植物性だそうだけれど、麻有子は十分美味しいと感じた。

娘の手作りという最大の加点要素を抜きにしたとしても、美しく絞り出された真っ白ホイップクリームと、大きさを揃えて飾られた真っ赤な苺のケーキはまるで一幅の絵。食べてしまうのがもったいないぐらいだった。

デコレーションケーキが作れて、お総菜もちゃんと作れる。にもかかわらず、友だちがやってくるにあたって、麻有子の料理を期待する。そんな娘が麻有子はかわいくてならない。

住む家があり、葵が欲しがるセーターや料理を与えることができ、親子揃って健康。娘もすくすくと育っている。これ以上を望んでは罰が当たる、と麻有子はいつも思っていた。

ホワイトソースとマカロニ、角切りにした生鮭、葵が大好きな茸にエビとイカまでたっぷり入れたシーフードグラタン。薄く切ってかりかりに焼いたバゲット。これはあらかじめバターを塗ってからほんの少し塩と黒胡椒を振ってある。ここでガーリックバターを使えばガーリックトーストになるのだが、葵は匂いが気になるから塩だけにして、と言ってきた。麻有子とふたりのときは、ガーリックだろうが、ニラだろうがお構いなしに食べるくせに、友だちとなるとやっぱり気になるのね、と面白く思いながらも、アクセントがほしくて黒胡椒を振ったのだ。

あとはトマトと胡瓜をサイコロに切ってオリーブオイルで和えたサラダ。味付けは粉末の鶏ガラスープ。インスタントに罪悪感のある麻有子も、コンソメや鶏ガラスープの粉末には抵抗がない。それはきっと、ただの調味料、隠し味として使っているからだろう。

そして女子中学生になくてはならないデザートには、昨日の夜、葵が勉強の合間に焼いたマドレーヌがある。

葵のマドレーヌは店で売っている物よりもずっと軟らかくてふわふわだ。本人曰《いわ》く、しっかり泡立てて生地の量を増やせば、同じ材料でずっと数多くのマドレーヌが焼けるとのこと。

葵はすでに、ただ作ればいいという段階を超え、少ない材料をいかに生かすか、まで考えて料理をするようになったのだ。

金曜日の正午間近、古いけれど清潔に保たれた台所で、グラタンが焼き上がるのを待ちながら、麻有子は自分の幸せを噛《か》みしめていた。

無事グラタンが焼き上がり、葵たちに声をかけると、ふたりはすぐに階段を下りてきた。

ものすごく空腹、というよりも勉強に飽きている様子がありありとわかり、麻有子はまた笑ってしまう。

ほらほら冷めないうちに、と茜を促し、葵もフォークを取る。

こんがり焼けたチーズのど真ん中を狙ってフォークを突き刺す。なんという思い切りの良さ、さすがは食べ盛りの女子中学生と感心して見ていると、あちっという声が上がった。

「大丈夫？」

慌てて冷たいウーロン茶を注いだグラスを渡し、口の中の冷却を促すも時既に遅し。

葵は口の中を火傷してしまったようだ。

グラタンなんて何度も食べているのに、毎度毎度火傷をするのはどうしたことだろう。もうちょっと落ち着いて食べればいいのに、と思わないでもないが、それだけ急いで食べたくなるほど美味しいのかと嬉しくなる。

麻有子が密《ひそ》かな満足を得ている一方で、茜はゆっくりとフォークを動かす。

グラタン皿の端っこに見えているマカロニをひとつ掬《すく》い、ふうふうと何度も吹いてから口に入れる。茜の性格そのままのおっとりした仕草、そしてそのあと茜はまるでグルメ漫画に出てくる女の子のように目を見開いて言った。

「美味しい！　美味しいよ、葵ちゃん！　いつもこんなご飯を食べてるなんて羨ましすぎる！」

「いつものはずないじゃん。いつもは私が作った適当ご飯だよ」

「『私が作った』とか、さらっと言わないで！　そっちのほうがもっとすごいよ」

「すごくない、すごくない。お母さんに比べたら全然すごくない！」

「うー……やっぱりいいなあ、葵ちゃん。うちなんて、昨日の夜は買ってきたコロッケとキャベツの千切り。あとはお祖母ちゃんが送ってくれた佃煮《つくだに》、とかだよ」

『お祖母ちゃんが送ってくれた佃煮』という言葉が、ぐさりと胸に刺さる。

葵の祖母――つまり麻有子の母だが、彼女は義理を欠くようなことはしないが、そういったちょっとした副菜の類《たぐい》を送ってくることはない。食べてみたら美味しかったから、とか、孫に食べさせたいから、なんて理由で贈り物をすることなどない人なのだ。

だが、葵はまったく気にもしない様子で、会話を続けている。

「お味噌汁は？」

「あ、それはあった。でも具は油揚げとキャベツ」

「いいじゃん。油揚げとキャベツのお味噌汁、すごく美味しいよ」

「いや、美味しいです、美味しいですけどね！　山盛り千切りキャベツの上にキャベツのお味噌汁だよ？　被りまくりじゃない」

「うーん……。でもきっと茜ちゃんのお母さん、特売のキャベツ買ったんだよ」

「特売？」

「うん、金曜日恒例『スーパー丸高《まるたか》』夕方セール。折り込みチラシ見たけど、キャベツが一個九十八円だった」

私も買ったよ、と葵に微笑まれ、茜は返す言葉をなくしている。

日頃から葵が料理をしていることは聞いていたはずだが、スーパーの特売情報まで把握しているとは思っていなかったのだろう。

まじまじと葵の顔を見ていたかと思うと、はあーっと大きなため息をつき、茜は言った。

「葵ちゃん、オークションサイトで爪の垢《あか》とか売ったら？　あたし、買うよ」

「やだ。私の爪には垢なんて溜まってないもん」

「だよねえ……」

桜貝のような葵の爪を見て、茜がまたため息をついた。

「こう言ってはなんだけど、あたしと葵ちゃんがいたら、どう考えてもお料理とかしそうなのはあたしじゃない？　それなのに、実際はお料理もお洗濯も葵ちゃんのほうがずっと上手だし、勉強だって……。あーあ……神様って不公平」

その言葉を聞いて、葵が困ったように麻有子を見た。

当然だ。葵は自分が恵まれているとは少しも思っていないし、『ちょっと似てる』なんて言いつつも、密かに茜を羨んでいる。

なんせ茜は運動が大の得意だ。スタイルだって、ただ細いだけの葵と違って、女性らしい凹凸を持っている。中学二年生にしてこの体形なら、大人になったときは抜群のプロポーションになっているだろう。

おまけに茜は、顔だってかわいい。大きな目とちょっと肉厚な唇は、プリクラで写真を撮っても修整の必要がないぐらいで、葵はいつも地団駄を踏んでいるのだ。

家事の上手い下手なんて見ただけではわからないし、勉強ができるのはかえってマイナス。ここわからないから教えてー、なんて気になる相手への接近作戦が使えなくなるだけだ。それよりは一目でかわいいとわかるルックスや体育祭で活躍できるほうがずっといい。神様は不公平だ、というのは葵が日頃からしきりに言っていることだった。

そう言われてしまうと、そのように産んだ麻有子としては申し訳ない気になってしまう。だが、それはあくまでも茜と比べた場合で、麻有子としては、葵は至って普通のルックス、いやそれよりはちょっと上だと思っている。それでも、そこまで嘆くほどのことはない、なんて慰めようものなら、単なる親の欲目だ、などと言い返してくるからやっかいだ。

いずれにしても、賑やかにおしゃべりしながら次々と皿を空にしていくふたりは、健康そのものできらきらしている。

中年もいいところ、あちこちにガタがきている麻有子から見れば、それこそ羨ましさの極み。これ以上いったい何を望む、と言いたくなるほどだった。


そんな穏やかで平和な親子の暮らしに小さな影が差したのは、十二月最初の木曜日、一本の電話が原因だった。

葵の定期テストも終わった。茜はなんとか成績降下に歯止めをかけ、葵も前回よりも少しだけ成績が上がった。いずれも葵の頑張りの結果ということで、ご褒美がてら夕ご飯は外で食べることにした。茜の成績については、茜の頑張りだろうと思わないでもなかったが、葵の協力の効果も小さくはなかった——というのは本人の弁。苦笑いしながらも、麻有子はたまには外食もいいか、と出かけることを決めたのだ。

どこに行くか散々迷って決めたあと、外出の支度をしている最中に電話が鳴った。携帯ではなく固定電話が鳴った時点で、嫌な予感しかしない。

なぜなら、携帯電話全盛のご時世、固定電話にかけてくるのはセールスか宗教勧誘、或いはもっと悪い相手に限られるからだ。

せめて『必要ありません』と切ってしまえるセールス電話でありますように、と願いながら電話のところにいってみたのに、表示されていたのは鈴子《すずこ》――姉の名前だった。

よりにもよって……と暗い気持ちに襲われながら受話器を取ると、聞こえてきたのはいつもどおり、怒濤《どとう》のように話し続ける姉の声だった。

姉の声は、日に日に母に似てくる。声だけでは、どちらがかけてきたかわからないほどだ。こんなとき、つくづくナンバーディスプレイを導入していてよかったと思う。出ないわけにはいかないにしても、心の準備ができるだけでもましだった。

「麻有子、お母さんが大変！」

母そっくりの声で姉はそう言った。

どういうことかと訊き返すと、母の正恵《まさえ》が倒れ、救急車で運ばれたという。

姉は母と敷地内同居している。

結婚した際にアパートを借りたのだが、出産を機に実家の敷地に家を新築した。夫の大輔《だいすけ》は難色を示したそうだが、多忙で家事や子育てを手伝うことができなかったため、母のそばにいればいろいろ手伝ってもらえる、という鈴子の主張を受け入れざるを得なくなったそうだ。

とはいっても、広大な敷地があるわけでもなく、建物同士は目と鼻の先だ。姉は重いつわりを理由に、引っ越した当初から一日の大半を母の家で過ごすことになった。

そしてそれは出産後も変わることなく、鈴子が自分の家に戻るのは大輔が帰宅する直前。それまでは母子揃って、正恵の家にいるという状況だったらしい。

けれど、子どもがふたりになり、成長するにつれて家が手狭になった。そのため、今では住まいを交換し、新しく建てた家に母が、元々建っていた実家には姉一家が住んでいる。もちろん、姉が一日の大半を、母の家で過ごしている状況は変わっていないらしい。

姉と母が口を揃えて言うには、大輔も子どもたちも日中は留守になる。それならふたり一緒に過ごしたほうが、光熱費も食費も助かるはずだ、とのこと。

麻有子は常々、それで助かるのは姉だけではないか、と思っていたが、今回母が一命を取り留めたのは姉のおかげなのだから、やはり持ちつ持たれつということになるのだろう。

姉はたまたま今日、所用があって外出したそうだ。午後になって帰宅してから、母の家に行ってみたところ、母が浴室で倒れていたという。

「お風呂に入っていたの？」

「そうじゃなくて、掃除。朝に声をかけたときは、午後になって暖かくなったらカビ取りをするって言ってたのよ。相変わらずマメよね」

何も冬のさなかに風呂のカビ取りなどしなくても、と姉は言うが、季節を問わず汚れが目に付いたら掃除をする、それが母という人だった。

「それで、どんな様子なの？」

「とりあえず救急車を呼んで病院に運んでもらったの。今やっと意識を取り戻したところ」

「意識は戻ったのね。それなら慌てることはないじゃない」

「なんでそんなに落ち着いてるの！　お母さんが心配じゃないの⁉」

「だって命に別状はないんでしょう？」

「お医者様の話では大丈夫そうだって……。でも、とにかく一度こっちに来てくれない？」

姉の真剣そのものの声に、麻有子は首を傾げた。今すぐ麻有子が行ったところで、できることはなさそうだし、母がそれを望むとも思えない。

そもそも、麻有子は帰省などしたくない。これまでだって、どうしても避けられない冠婚葬祭以外では帰らずに済むようにしてきた。けれど、姉は『とにかく来て』の一点張りで聞く耳を持たない。こんなことなら、冠婚葬祭すらパスして一切の関係を絶っておけばよかったと思うほどだ。

実際に、何度かそうしたいと考えたことはあったし、本当に家族と折り合いが悪い友人の中には、黙って転居し、電話番号やメールアドレスも変えて絶縁状態にしている者もいた。それでも麻有子が姉や母からの連絡手段を絶たなかったのは、葵のことを考えたからだ。

葵は未成年だ。もしも、麻有子に何かあってひとりで残されるようなことになれば、保護者が必要になる。それをあの姉や母に期待するのはいかがなものか、と思わないでもなかったが、他に頼れる人もいない。やむなく、姉や母と連絡を取り続けてきた、というのが実状だった。もっとも、連絡してくるのは専ら姉で、麻有子から連絡することも、母から連絡が来ることもなかった。

いずれにしても、既に連絡は来ているし、姉は切羽詰まっている様子だ。一度は顔を見せなければならないにしても、今すぐというのは無理な話だった。

「この時間に家にいるってことは、今日はお休みなんでしょ？　だったら、すぐに……」

「そんなこと言われたって無理よ。今からそっちに行ったら、今日中に戻れないじゃない」

東京から母と姉が住む町までは、新幹線を使っても二時間弱、ドアツードアなら三時間はかかる。

もう夕方だし、今すぐ出発したところであちらに着くことはできても戻ってこられない。当然、明日の仕事は休まねばならないだろう。

明日は第一金曜日だ。麻有子の職場では、第一金曜日の会議で翌月の作業スケジュールも立てる。作業分担やスケジュール管理は麻有子の手に委ねられているし、打ち合わせなしに休むことは避けたかった。第一、葵をどうしろというのだ。連れて行けば学校を休ませることになるし、日中ならまだしも、夜この家にひとりで残すわけにもいかない。

　ところがそんな麻有子の事情を、姉はまったく理解してくれなかった。

「親が具合が悪いのに、仕事を優先するなんてあり得ないでしょ！　葵ちゃんの学校だって、しょっちゅうあることじゃないんだから、休ませなさいよ！　葵ちゃんは優秀だから、少しぐらい休ませたって平気よ。なんなら、留守番させればいいじゃない」

　葵は家事もできるし、しっかりしている。一晩ぐらい大丈夫なはずだ、と姉は言い募った。

　もちろん、留守番ぐらいできる。買い物を済ませたばかりだから、冷蔵庫の中は食材で一杯だし、作り置きの副菜もある。たとえそんなものがなかったとしても、一日や二日なら葵にはなんの支障もない。だが、だからといって中学生、しかも女の子をひとりで置いていくのは心配すぎるし、こんなことで学校を休ませたくはなかった。

　だが、いくら説明しても姉は譲らない。やむなく麻有子は、行く、行かないは置いておいて、母の状態を確かめることにした。

「お姉ちゃん、今どこにいるの？　病室？」

「そうよ。お母さんの病室。隣に気を遣うのは嫌だって言うから、個室にしたわ」

　自分の意見を言えるということは、少なくとも意思の疎通はできるのだ。

　とりあえずほっとし、麻有子は引き続き容態を問う。姉はこれだけ大騒ぎしておきながら、まだ病名すら告げていない。母に重篤な病が見つかったにもかかわらず、動転したあまり、姉が伝え忘れている可能性もあった。

「それで、何の病気？　市立病院の何科に入院してるの？」

「脳外科。お母さん、どうやら脳梗塞《こうそく》らしいわ。しばらく入院して詳しい検査をするんですって」

「脳梗塞……じゃあ、麻痺《まひ》とか残るの？」

「それはまだわからないけど……。お医者さんが見た感じでは、倒れてからそんなに時間が経ってないうちに病院に運ばれたみたいなんですって。すぐに処置ができたから、そう深刻な事態にはならないだろうって言ってたわ」

麻有子はますます安堵《あんど》した。

それならやはり駆けつける必要なんてない。次の週末にでもお見舞いに行けばすむ話だ。病院に長居はできないし、朝一番で出かけていけば、その日のうちに戻ってこられるだろう。

「よかったわね。だったらやっぱり次のお休みのときに……」

「それじゃあ遅いの。お母さんが退院するまでに、今後のことを決めておきたいの」

「今後って？」

「脳梗塞って血管の中に血の塊ができるんですってね。それって生活習慣が原因のことも多いから、再発することもあるそうよ。お医者様が、今回は幸いすぐに見つけられたけど、もうひとり暮らしはやめたほうがいいんじゃないかって……」

「え、でも、お母さんはひとり暮らしってわけじゃないでしょ？　すぐ隣にお姉ちゃんたちがいるのに」

「別棟じゃない。朝夕はひとりのことが多いし、時間帯としてはそのころが危ないみたいよ」

「じゃあ、お姉ちゃんたちの家に移ってもらえば？　もともとはそっちがお母さんの家なんだし」

「そうしたいのは山々なんだけど、ちょっといろいろあって……」

鈴子の声が途切れ、言葉を探しているような沈黙が続く。どうやら姉は、家庭に問題を抱えているらしい。言いよどんでいるところを見ると、電話口、しかも病室では簡単に話せない内容なのだろう。

姉の口調が、要請から命令に変わった。

「とにかく、今すぐこっちに来て。『家族』が倒れたんだから、協力して乗り切らなきゃ」

「だから今すぐは無理」

「いつなら来られるの？」

「いつって言われても、職場に相談しないと……。お母さんはどれぐらい入院するの？」

「最低でも一週間、状況によっては二週間ぐらいになるかも、って」

「そうなんだ……」

一週間ないし二週間、と聞いて、麻有子は密かに胸をなで下ろした。

それだけ入院期間があるなら、次の休みに日帰り、あるいはなんとか仕事をやりくりして連休をもらって見舞いに行くことができるだろう。

ところが鈴子は、それでは間に合わない、荷物をまとめるのも手伝ってもらいたいし……と言う。麻有子は、姉が何を言いたいのかわからなかった。

「荷物って？　入院するのにそんな大荷物で行ったの？　それなら退院の日に合わせて休めるようにするけど……」

「そうじゃないわよ。お母さんがあんたのところに引っ越すとしたら、って話」

何でもないことのように姉の口から出た言葉に、麻有子はぎょっとした。

「え……それってどういうこと？」

「やだ、聞いてなかったの？　荷物をまとめるだけでもけっこう時間がかかるから、日帰りとか無理に決まってるじゃない」

「そうじゃなくて、どうしてお母さんがうちに来ることになっちゃうの？」

「何度も言わせないで。あんただって家族の一員でしょ？　少しは手伝ってくれてもいいじゃない」

寝耳に水もいいところだった。

親の介護は実子で平等にということぐらいわかっている。けれど、姉はこれまでずっと母のそばで暮らし、出産も子育てもさんざん手伝ってもらったし、経済的な援助も受けている。小耳に挟んだ話では、子どもたちの教育費、特に学習塾にかかる費用は母が出しているらしい。その上、姉は母に頼まれて買い物に行くたびに、その財布で自分の家のあれこれも買っている。

どう考えても母と姉は持ちつ持たれつの典型で、ずっとこのままやっていくと思っていた。遠く離れた東京にいる自分には、関わりのない話だと……。それなのに、ここにきて姉は麻有子に母を引き取らせるつもりらしい。それはないでしょ！　と叫びたい気持ちでいっぱいになった。

鈴子は、麻有子の戸惑いなど我関せずと話し続ける。

「あんたの家って結構広いわよね。ふたりで住むにはもったいないぐらい。部屋だって余ってるでしょ？　あ、そうだ。リビングの隣は和室だったわね。あそこをお母さんの部屋にしたら……」

「ちょっと待って、話が急すぎるわ。どうして今までどおりじゃ駄目なの？　朝夕とか時間を決めて様子を見に行くとか、それでも心配ならお母さんをお姉ちゃんの家に移すとかすればいいじゃない。なにもわざわざ引っ越しさせなくても」

「あー……」

そこでやはり鈴子は言葉を濁し、話を打ち切るように言った。

「とにかく一度こっちに来て。そのあたりも含めて説明するから」

それ以後、鈴子は麻有子が何を言っても『とにかく来て』の一点張り。やむなく麻有子は、郷里を訪れる約束をした。

「……わかったわ。予定を決めて連絡する」

そして麻有子は重い気持ちで電話を切り、スマホに入っているスケジュール表を確認し始める。

そこにやってきたのは葵である。ため息まじりにスマホを弄《いじ》っている麻有子を見て、怪訝《けげん》そうに訊ねる。

「どうしたの？　話し声が聞こえたけど、電話だった？」

「うん……鈴子伯母《おば》さんから。お祖母ちゃん、入院したんだって」

「え……それで、大丈夫なの？」

「命に別状はなさそう。でも、今後のことを相談したいから一度来てほしいって」

「それって『来てくれたらいいな』『来てくれない？』『来られるよね？』『来なさい！』ってやつだよね？」

姉の変化についての見事な表現に、麻有子は吹き出した。

「よくわかったわね」

「伯母さんの性格を考えたらそんなところでしょ」

「まあね。で、お母さんは行かなきゃならないんだけど、あんたはどうする？」

「どうするって言われても、お母さんの次の休みも平日だよね？　学校があるじゃない」

安代美術館は完全週休二日制のため、職員は休館日の木曜日に加えて、もう一日休みを取る。

月に一度は週末や祝日に休めるが、勤労感謝の日に休んだばかりの麻有子はこのあとしばらく日祝日の勤務が続く。葵の言うとおり、次の休みは十二月十日の月曜日だった。

「だよね……。じゃあ、朝一番で出かけて日帰りするわ」

「大丈夫？　伯母さん、それで納得してくれる？」

「わからないけど、仕方ないじゃない。それに、日帰りしなきゃならない、って言えば話も短くて済むかもしれないし」

「だといいけど……」

そう言いつつも、葵はひどく心配そうな顔をする。きっと、そんなことに頓着《とんちゃく》する相手ではないと思っているのだろう。麻有子も同じ思いだった。

葵の心配を振り払うように、麻有子は元気よく言った。

「次のお休みはお出かけ決定、留守番よろしくね」

「了解。じゃあ、ご飯の支度を手伝うよ。次の休みにお祖母ちゃんのところに行くなら、いっぱい作っておかないと」

葵はダイニングセットの椅子に引っかけてあったエプロンを手に、台所に向かおうとした。

麻有子は休みの日はたいてい台所にこもり、総菜の作り置きをする。出かけるとなるとそれができなくなるため、より多くの作り置きが必要となる。葵はそれがわかっていて、手伝いを申し出てくれたのだろう。

「ありがとう、助かるわ。でも、先にご飯を食べに行きましょう。作り置きは帰ってから。葵もお腹が空いてるでしょ？」

「助かったー！　実はもうお腹がぺこぺこなんだ！　『天使亭《てんしてい》』の担々麵《たんたんめん》でもいい？」

「あー、あの天使なのに悪魔みたいに辛いやつね」

「ランチでもないのにご飯おかわり無料だよ、すごくない？」

「はいはい、たくさんお召し上がりください」

「おかわりしたら太っちゃうってわかってても、あの激辛スープとご飯の取り合わせが最強過ぎて太刀打《たちう》ちできなーい！　体重計を踏みつぶしちゃったらどうしよう⁉」

「どれだけ食べるつもりなのよ。それにあんたなんて食べてもちっとも太らないじゃない」

葵の言葉に大笑いしながら、麻有子は鞄《かばん》を手にする。

姉の思惑、母の今後に対する姉の家族の反応……気になることはたくさんあるが、とりあえず今はすべて封印、麻有子は娘との時間を楽しむことにした。

――お姉ちゃんはお母さんを家族って言うけど、私の家族は葵ひとり。

それが麻有子の意識における『家族』の定義、母を家族と捉える姉との違いだった。

× × ×

月曜日、麻有子は始発の新幹線に乗った。

家を出たのは午前五時半、早起きは辛かったけれど、ある程度の時間を確保しなければ姉に責められることはわかっている。なにせ、日帰りと言っただけでも文句たらたらだったのだ。

始発に乗れば、姉の家に着くのは午前八時過ぎ。平日のその時間であれば大輔も子どもたちも出かけているはずだ。病院の面会時間は午後二時からだと聞いたから、それまでの間にしっかり話ができるだろう。

新幹線の駅から姉の家まで、徒歩だと二十分かかる。気候の良い時期なら苦にはならないが、さすがに冬の朝、凍てついた空気の中を歩くのは辛かった。姉に頼めば迎えに来てくれるのだろうけれど、朝の忙しい時間で気が引ける。できればバス、タイミングが合わなければタクシーを使おうと思いつつ改札を出てみると、ちょうどバス停に実家方面に向かうバスが止まっていた。

麻有子は小走りにバス停に向かい、なんとか発車に間に合った。やれやれである。もしもタクシーで乗り付けたところを見つかったら、また姉の恨み言を聞かされてしまう。子どもがひとり、しかも女の子だから無理に大学にやる必要もないし、お金にゆとりがあっていいわね、なんて言われるに決まっているのだ。

高卒と大卒に続いて男女の差、とにかく鈴子の頭の中は偏見で凝り固まっている。いくら田舎住まいでも今時こんな考え方の人は珍しい。しかも、姉がこのように考えるのはおそらく正恵の影響だ。それがわかっているだけに、麻有子は鼻白んでしまう。

とにかく、タクシーを使ったことで文句を言われるぐらいなら、高校生で一杯のバスに揺られていくほうがマシだ。立ちっぱなしではあるが、少なくとも歩くよりは楽だし、何より寒くない。

言葉そのものは標準語を使っていても、微妙にアクセントが違う高校生たちの会話を聞きながら、麻有子は実家を目指した。


バス停から数分、歩いて姉の家に到着した麻有子は、玄関脇についている呼び鈴を押した。

鍵《かぎ》がかかっていないことはわかっている。家族なら、勝手に開けて入っていくだろう。にもかかわらず呼び鈴を押すのは、麻有子が既に家族ではない証《あかし》だった。

呼び鈴を押したのが麻有子だとわかると、姉や母はいつも「開いてるんだから、勝手に入ってくればいいじゃない」と言う。それでも、返答がない限り中に入ろうとしない麻有子を、面倒くさそうに見るのだ。

ところが、今日に限って姉はいつもと違う対応を見せた。

呼び鈴が押されるのを待ちかねたように、自ら玄関のドアを開けたのだ。

「いらっしゃい。遠いところをお疲れ様。寒かったでしょう？」

そう言いながら、鈴子は麻有子を招き入れ、リビングのソファに誘った。

「コーヒー？　それともお茶がいいかしら？　あ、紅茶もあるわよ」

そうそう、頂き物のクッキーが……などと、忙しなく動き回る姉を見ながら、麻有子は違和感しか覚えなかった。

「お姉ちゃん、お茶なんてどうでもいいわ。話があるから呼んだんでしょ？　ちょこまかしてないで、ちゃんと座って聞かせてよ」

「そ、そうね……」

麻有子に促され、ようやく向かいに座った鈴子は、まず大きなため息をついた。かと思うと、おもむろに頭を下げる。

「麻有子、ごめん！　本当に申し訳ないんだけど、お母さんを引き取って」

「それは電話で聞いたわ。理由を説明して」

「実は……」

そこで聞かされた姉の話は、麻有子の予想の範囲内、というよりも、世間には実によくある話だった。つまり、母と大輔がうまくいっていない、というのだ。

大輔は高校教員の父親と専業主婦の母親の次男として生まれ、三歳違いの兄は中学校、大輔自身も小学校の教諭として働いている。父には弟がひとりいるが、これまた中学校の教員で、親戚《しんせき》もとにかく教員が多く、どちらを向いても『先生』ばかりという環境に育ってきた。

一方、大輔の母をはじめ女性は総じて専業主婦で、とにかく子どもが小さいうちは家にいて、働くにしても子どもが育ち上がったあとパート程度という今時珍しい考え方の家族である。

当然、結婚するにあたって大輔は、鈴子が専業主婦として家事、育児の一切を請け合うことを求めた。もっとも姉は、言われるまでもなく外で働く気はなかっただろうし、実際問題大輔は仕事に忙しく、家事を分担することなど望めない。自《おの》ずと、家事に専念することになっただろう。

いずれにしても、大輔という人は教壇では『男女平等』あるいは『男女共働』を説きながら、その実『男は外で働き、女はしっかり家を守る』という考え方、悪く言えばダブルスタンダードの男だった。

とはいえ、そんなダブルスタンダードは珍しいことではない。本音と建て前が食い違うことなど大人ならいくらでもあり、大きな問題にはならない。但しそれは、鈴子がきちんと家事をこなせていれば……の話である。

家事はすべて女性任せという家に育った大輔は、結婚当初から鈴子の家事レベルが不満だったそうだ。

聞いた話によると、大輔の母は家事の達人で、掃除洗濯はいうに及ばず、料理なども漬け物や味噌、どうかすると干物などまで手作りしてしまうほどの腕前。裁縫の腕も確かで、ちょっとした子どものワンピースや浴衣ぐらいなら、あっという間に縫い上げてしまうらしい。

鈴子たちの母の正恵はそこまでではない。だがそれは、正恵は仕事を持っていたため、時間的余裕がなかったからにすぎない。もしも正恵が専業主婦だったとしたら、子どもの服ぐらい縫っただろうし、新鮮な魚が手に入れば干物も作ったはずだ。現に、姉の話によると仕事を辞めたあとの正恵は、漬け物や佃煮をせっせと手作りし、庭で野菜まで育てているとのことだ。

大輔と鈴子は見合いだったが、正恵の家事レベルを確認し、この人の娘なら大丈夫だろうと踏んで結婚を決めたそうだ。

ところが、いざ生活を始めてみたら、姉の家事は自分の母や正恵とは雲泥の差。それどころか、明らかに『下手』と言わざるを得ないレベルだった。

姉は、そんな完璧《かんぺき》超人たちと比べられても困る、と唇を尖《とが》らせたが、せめて人並みの腕前であったなら、大輔にあそこまで文句を言われることはなかっただろう。

新婚早々から家事に起因する喧嘩《けんか》が絶えない。見かねた母は娘夫婦のアパートを訪ね、家事を手伝ったそうだ。ただ、これについて麻有子は眉唾《まゆつば》だと思っている。『手伝う』ではなく、『代わりにやった』が正解だろう。母の性格を考えれば、姉にやらせるよりも自分がやったほうがずっと早いと思うに違いない。

かくして、大輔が家事について不満を言うことはなくなった。しかしそれは、正恵の教育により鈴子の家事が急速に上達したと信じた結果。実はすべて正恵がやっていたとわかったら大輔の怒りは止まるところを知らなかっただろう。

ともあれ、正恵による家事代行が続く中、鈴子が妊娠した。

初産への不安、さらにつわりが重かったこともあって、鈴子は実家に入り浸り、やがて母の家に同居したいと言い出した。大輔にしてみれば青天の霹靂《へきれき》、なぜ自分が妻の母と同居しなければならないのか、さっぱりわからなかっただろう。入り婿でもあるまいに、と憤慨したのも当然だ。

そこに至って、とうとう鈴子はこれまで正恵に家事を『助けて』もらっていたことを白状した。もうすぐ子どもが生まれるし、家事と育児の両方をひとりでこなすなんて不可能だと言い張ったそうだ。その上、今までのようにアパートに来てもらえば？　という大輔の言葉に耳を貸さず、慣れないことばかりで不安だ、このままではノイローゼになってしまう、と涙ながらに訴えたという。

身重の妻に号泣され、困り果てた大輔は、敷地内に別棟を建てるという話が出るに至ってとうとう同居を承諾した。

敷地内同居であれば、ある程度独立した生活ができる。いつか家を建てたいと考えていた大輔にとって、土地代が要らないというのは魅力的だったはずだ。

婿養子と取られがちな妻の母との同居は、もしも彼が『跡取り』だったとしたら二の足を踏んだだろう。だが、幸い大輔は次男だったから、得意のダブルスタンダードで名より実を取ったに違いない。

ぱりっとアイロンのかかったシャツやスラックスも、埃《ほこり》ひとつない部屋も、栄養バランスを考えられた旨《うま》い料理もすべて義母のおかげだった。ここで正恵に手を引かれてしまえば、その心地よさは失われる。今は仕方がないけれど、いずれは正恵の手を借りずに済むようになってほしい——それが、同居にあたって大輔が姉に出した条件だった。

家事は経験を積めば上達するし、子どもを産んでしまえば気持ちも安定するはずだ。最初は正恵が娘夫婦の家に入り浸るにしても、徐々にそれも減っていくだろう。きっと大輔は、そんなふうに考えていたはずだ。

ところが、正恵と鈴子の母子密着は、そんなに甘いものではなかった。

確かに姉は、夫の言葉に従い家事の上達に努めた。これまでの『代わりにやってもらう』から『手伝ってもらう』、そして下手なりにも自分だけでやれるように頑張ったのだそうだ。けれど、家事が一通りできるようになると、正恵は育児に口を出すようになってしまった。

抱き癖がつくから泣いても抱くな、離乳食は早いほうがいい、その他あれこれ……正恵は、古い常識を振りかざし、鈴子が現代知識に沿った育て方をしようとすると否定にかかる。母に頭が上がらない状態の鈴子は、言われるままに泣き叫ぶ子を放置し、生後半年にならないうちから卵や乳製品を与えようとした。

当然大輔は驚き、夫婦、そして大輔と正恵の対立が生じた。

大輔は母を非常識だと言い、母は母で大輔を、自分は何もしないくせにと否定する。その対立は子どもが成長すればするほど顕著になり、俊太《しゅんた》の高校受験をきっかけに、決定的となる。

大輔は塾に行かなくても高校受験は可能だと主張し、正恵はそれではろくな学校に入れないと反論した。男の子なんだから少しでも偏差値の高い学校を目ざすべきだ、そのために塾が必要なら費用は自分が出す、と言うにあたって、ふたりは完全に決裂、顔を合わせても口をきかない関係になっていった――

それが、一時間半という時間をかけて語られた『姉の事情』だった。

「近頃では、大輔さんは極力お母さんと顔を合わせないようにしているの。家から出ようとして、庭にお母さんがいるのに気付いたら、引き返してくるぐらい。別々の建物に住んでいてもそんな調子なのに、ひとつ屋根の下になんて住めるわけがないわ」

入院している母の元に通うことについても、義兄はいい顔をしなかったという。そう聞くと義兄がひどく薄情な人のように思われるだろうが、彼の気持ちもわからないでもない。

姉によると、母の見舞いは半日仕事だそうだ。

病院は家から遠いし、個室に入院したせいで医師や看護師ぐらいしか話す相手がいない。医師たちは忙しくて長々と母の相手などしていられないだろうから、せめて自分が行ったときぐらいは……ということで、面会時間が終わるまで病院に留まっているというのだ。

ただでさえ家事が得意とは言えない鈴子が、残されたわずかな時間で家の中をそれまでどおりに保てるわけがない。洗濯は一日か二日おき、食事も出来合いの総菜や出前、持ち帰り弁当などが増えていたのではないか。掃除に至っては、せいぜい週に一度、あるいはうるさく注意する母の目がなくなったのをいいことに、まったくしなかった可能性もある。

家事を頑張るという約束で敷地内同居を認めた義兄が、話が違うと言い出すのも無理はない。加えて、母は口うるさいし子どもを管理したがる人ではあるが、比較的ひとりでも平気なタイプだ。

頻繁に見舞いに行かなければ寂しくてどうにかなってしまうなんて考えられない。麻有子は、姉の中に見舞いにかこつけて家事を怠けたいという気持ちがあり、義兄はそれを見抜いたのだと思っている。だからこそ、姉が病院に入り浸ることにいい顔をしなかった。もしも、本当に病室で孤独を持て余しているとしたら、いくら母と不仲な義兄でもそこまで文句を言ったりしなかっただろう。

それでも鈴子は、これ見よがしに鼻を啜《すす》る。

もうどうしようもない。夫は入院中の母の気持ちを思いやることすらできないほど、母に対する気持ちを逆立ててしまった。自分は母と夫の間に挟まって身も心もへとへとだ。だから、母を引き取ってほしい、と……

姉がどうあっても母を自分に押しつけようとしていると知り、麻有子は絶望的な気持ちになった。

電話ではあんなことを言っても、姉が母と離れて暮らすことはないだろう。子どもたちの塾代はさておき、離れて住む母に日々の買い物にかかるお金を出させることは難しい。

今は感情的になっているにしても、家事と家計、双方への助力を失ったことに気付けば、いずれ連れ戻しに来ると考えていたのだ。母が麻有子の家に来るにしても短い期間、春が来るころには姉が泣きついて、母を迎えに来るだろうと……

だが、そこまで義兄と母が対立し、姉が触媒のような存在になっているとしたら話は別だ。

いくら姉が母を『家族』だと言い張って側にいようとしても、母と自分の関係が夫婦の仲まで歪《ゆが》めるとなったら、夫を優先せざるを得ない。口ではなんのかんの言っていても、姉と義兄の相性自体は悪くない。考え方も似ているし、母のことさえなければそれなりに仲の良い夫婦でいられるはずだ。なにより、専業主婦で自分の収入を持たない姉にとって、夫を蔑《ないがし》ろにして離婚というのは一番避けたい事態に違いない。どちらを取るかとなれば、夫と答えるのが当然だ。麻有子は、背中を冷たい汗が伝うような気がした。

「そんなこと言われても困るわ。私とお母さんの相性がよくないことぐらい、お姉ちゃんだって知ってるでしょう？」

麻有子にしてみれば、『相性がよくない』というのはあまりにも控えめすぎる表現だ。私はお母さんが嫌いで、お母さんにとって私は要らない子、ぐらいがちょうどいい。けれど、母にたっぷりかわいがられて育った姉にそんなことを言ったところで、質の悪い冗談ととられるのが関の山だろう。

案の定、姉は麻有子の言葉を一笑に付した。

「なに言ってるの。相性がよくないなんて思ってるのはあんただけよ。確かにお母さんはあんたにはずいぶん厳しいことばかり言ったかもしれないけど、手を出したわけじゃない。世の中には子どもを殴ったり蹴《け》ったりして虐待する親もいるのよ。お母さんはそんな親とは全然違う。全部あんたのためを思ってのこと、かわいいからこそ厳しくしたのよ」

――この人は、なんて勝手なんだろう……

今更ながら、麻有子は呆れ返ってしまった。

鈴子は子どものころから、麻有子よりも自分のほうが正恵に気に入られていることを知っていたはずだ。

麻有子は、ことあるごとに正恵に叱られた。それは箸の上げ下ろしからと言っていいレベルだった。

しかも、姉妹が同じことをしたとしても、麻有子だけが叱られたのだ。いくら子どもだったとはいえ、鈴子が姉妹の扱いが違うことに気付かないはずがない。

その上で鈴子は、姉として妹を心配するどころか、自分が優遇される状況を喜んでいたのだ。

お気に入りのおもちゃや本が取り合いになるたびに、鈴子は言った。

『早く私にちょうだい。じゃないと、またお母さんに怒られるよ』

そんな台詞《せりふ》で、鈴子は着せ替え人形や絵本を取り上げた。時には、それまで全然別のおもちゃを手にしていたにもかかわらず、麻有子がおもちゃ箱から取り出そうとした瞬間に奪い取られることもあった。

母は状況など見てもいないし、今まで別のもので遊んでいたのに、という麻有子の言葉など、聞き入れるわけがないと承知の上だった。鈴子は、自分が母のお気に入りであることを、最大限に利用した。

そんな生活が心地よいはずがない。麻有子がとにかく家を出たいと願い、大学進学と同時に郷里を離れたのは、母だけではなく姉からも離れたいという気持ちゆえだった。

それなのに、ここに来ていきなり『かわいいからこそ』なんて言われても、信憑性《しんぴょうせい》はゼロだった。

姉の話は続く。

「あんたがそんなふうに思い込んだのは、子どもだったせいよ。もう大人だし、あんたも親になったんだから、お母さんの気持ちとか大変さとかもわかるようになったんじゃない？　子を持って初めて親の気持ちがわかるっていうでしょ」

麻有子は、したり顔で言う鈴子をきっと見据えた。

「悪いけど、お母さんの気持ちなんてわからない。これから先だって、きっと一生、わかることなんてないと思う」

麻有子の父親は放蕩者《ほうとう》だった。酒と女遊びで借金を繰り返し、母は後始末で苦労ばかりさせられていたそうだ。悪いのはすべて父、自分は一方的な被害者だと言い張り、麻有子を厳しく躾《しつ》けるのは父親のようにさせないためだと繰り返した。姿形からして父親そっくりの麻有子は、同じような人間になる可能性が高いと……

そこに渦巻いていたのは、自分の夫に対する不満と恨み、そして自分を正当化する気持ちだった。

あの人と結婚しなかったら、私はもっと幸せだった。あの人が生きている間、私は尻ぬぐいに奔走した。もしも私がいなければ、あの人はとっくに身を持ち崩していた。病気とはいえ、ベッドの上で息を引き取れたのは、すべて私の献身的な努力の結果だ。私はいつも正しい。悪いのは全部、あの人だ――

母は言葉の表に裏に、そう主張し続けた。

内容を問わず、争いが起きたときにどちらかが一方的に悪いなんてことはない。比率の差こそあれ、双方に悪いところがあるはずだ。今の麻有子にはそれがわかっている。だが、家から出たばかりのころは、それすらわからなかった。母は常に正しい。母に叱られるのは、自分が悪いからだと信じ込んでいたのである。

けれど、家から出たあと、世の中には正恵のような母ばかりではないことに気付いた。子を愛し、慈しみ、自分より子どもの幸せを願い続ける親。それこそが、ごく一般的な母親で、憎い夫にそっくりだからと行動から考え方そのものまで矯正《きょうせい》しようとする親なんて論外だと知ったのである。

友人の中には、母との絶縁を勧める人もいた。麻有子は大学に入ってから、心理学部の学生と知り合った。彼女は児童心理を専攻していて、そういった問題にも詳しかったが、実家の話、特に母親の話になるたびに顔を引きつらせる麻有子に気付き、話を聞いてくれた。

そして、長い話を聞き終えたあと、彼女は言ったのだ。虐待というのは、必ずしも腕力によるものとは限らない。言葉だって十分暴力になり得る。あなたが受けてきたのは、紛れもなく虐待だ。

今は東京に来ているけれど、物理的な距離だけでは安心できない。一切の交流を絶って、今後の干渉を避けるべきだ。さもないと、あなたはいつまでも判断に自信が持てず、自分を卑下したまま生きることになってしまう。母親という存在に怯《おび》え、支配されたまま幸せになることは難しいだろう、と……

そのとき、友人に力説されてなお、麻有子は家族と絶縁するなんてありえない、あってはならないことだと思っていた。だが友人は、それすらも母による支配の表れ、子は親を敬い、親の言うことに従うべき、という刷り込みの結果だと言った。

敬いたくても敬えない親がいる。我が子を虐待するような親は、その典型だ。にもかかわらず、そういう親に限って支配欲が強く、尊敬を強いる。彼らは子どもの罪悪感まで利用する。本当に困ったことだ、と彼女はため息を漏らした。

友人に母の話をしたあと、麻有子自身も虐待について学んだ。

本や雑誌を読みあさり、インターネットで事例検索を繰り返した結果、自分のような思いをしている人はたくさんいると知った。そして、多くの人が、絶縁まではいかないにしても、できるだけ距離を置き、関わらないようにすることで心の平安を保っていた。そして口々に、救われたければ縁を切るのが一番だ、と語っていたのである。

それでもなお、麻有子は絶縁まですることはない。今だって、せいぜい年に一度会うか会わないかなのだ。それぐらいなら耐えられるはずだと考えたのだ。

あのとき、本当に縁を切っておけばよかった。連絡先を教えないままに引っ越してしまえば、それも可能だったかもしれない。そうしておけば、こんなことにはならなかっただろうに。

いくら友人の助言を聞き入れなかった自分を責めたところで、後の祭りだった。

「お母さんの考え方はおかしい。正直、葵の考え方は別れた夫に似ているわ。だからといって、私はあの子に厳しくして性格から変えようなんてしないし、できるとも思えない」

「そんなことを言っちゃ駄目よ。お母さんは、とにかくあんたが道を踏み外さないように必死だったのよ。あんたがちゃんとした人間になったのは、お母さんのおかげでしょ？」

「ちゃんとした人間ってなに？」

姉は麻有子がちゃんとした人間だと判断しているらしい。それは喜ぶべきことかもしれないが、麻有子はそれが母の手柄だと認める気にはなれなかった。

「私は、自分をちゃんとした人間なんて思ってないし、お母さん自身がそうだとも思えない。ちゃんとした人間は、子どもに親の顔色を窺わせるようなことはしない。いつ夫婦喧嘩が始まるかと怯えさせるようなこともしない。なにより、我が子をスケープゴートになんてできっこない」

「麻有子……」

一息に言い切った麻有子に、姉は返す言葉を失っている。

ここまで言えば、姉も諦めるだろう。そう思った麻有子は、つい口調を緩めた。ところが鈴子は、麻有子の想像以上にしたたかだった。それまでとまったく違う角度から、つまり麻有子が母と同居するメリットを並べ始めたのだ。

「麻有子は仕事があるし、葵ちゃんは学校。部屋だってそれぞれにある。心配しなくても、一緒にいる時間はそんなにないはずよ。それに、お母さんだって年を取って昔よりずっと丸くなったわ。なにより、お母さんがいれば家事も手伝ってもらえるし」

「いらないわよ」

今現在、家事は葵と分けあってちゃんとこなせている。わざわざ母に助けてもらう必要はない。

と、いうよりも、麻有子と葵の間には『できることだけをやる。できないことには目を瞑《つむ》る』という暗黙の了解がある。だが、そんなことを母は許してくれないだろう。底意地の悪い姑《しゅうとめ》のように家事の粗を探し、『だからあなたは……』と説教を始めるに決まっている。

日中、麻有子たちのかわりに家事をしてくれたとしても、いかに自分がきちんとしているかをとうとうと語りかねない。一日の仕事を終え、帰宅してほっとしたいひとときに、延々と文句を言われるような暮らしはまっぴらだった。

だが、そんな麻有子の話を聞いても、鈴子は引き下がらなかった。

「今はそうかもしれないけど、葵ちゃんも来年は受験、家事なんて手伝ってる暇はなくなるんじゃない？　それに、受験は体力が大事よ。ちゃんとしたご飯を食べさせてあげないと」

母の作る料理はどれも美味しいし、栄養のバランスだってちゃんと考えられている。そんなご飯を自分で作らずに食べられるなら最高じゃないか、と鈴子は言う。

「とにかく、一度でいいからお母さんと暮らしてみて。若いときはいろいろあったかもしれないけど、あんただってもういい大人なんだし、お母さんとだって上手くやれるかもしれないじゃない。あたしを助けると思って、ね？」

鈴子はそう言うと、麻有子の反論を封じるように立ち上がった。

「大変、もうこんな時間。そろそろ出ないと！」

そして慌ただしくティーカップを片付け、車のキーを握る。もう麻有子の話など聞く気がないことは明白だった。

× × ×

「鈴子、いつもありがとう。ああ、麻有子……あなたも来たのね」

病室のドアを開けるなり、正恵はそう言った。

鈴子を労う一方、麻有子に対してはお疲れ様でも、ご苦労様でもない。来るのが当然、しかもいかにもどうでもいいと言わんばかりの態度に麻有子は唇を噛みそうになる。

——この人はまったく変わっていない。やっぱりこの人と暮らすなんてできそうにない。

なんとか同居の話を断るべく鈴子に向き直ると、姉は先手必勝とばかりに話し始めた。

「梶山《かじやま》先生に訊いたんだけど、あんたの町にいい病院があるんだって。脳卒中科って、脳梗塞を専門に見てくれるところ。鵜飼《うかい》総合病院っていうんだけど知ってる？」

「……うちから車で十分ぐらいかしら」

「あら、そんなに近いの？　それはいいわ！　でね、そこの偉い先生が梶山先生の大学の時の先輩だそうで、紹介状を書いてもいいっておっしゃってくださったの。なんせ、うちからこの病院は遠いでしょ？」

今日、この病院までは鈴子の車に乗せてもらってきた。確かに、姉たちの家からここまで三十分以上かかっている。昼過ぎでこれなら、朝夕のラッシュ時はもっとかかるだろう。

「お母さんはほとんど外出しないし、何かあるとしたら家にいるときの確率が高いと思うの。脳梗塞って時間が勝負の病気だっていうじゃない？」

それなら、病院が近いに越したことはない。処置までの時間が短ければ短いほど予後が良くなるのだから、と鈴子は言う。おそらく、主治医の受け売りだろう。

病院の話なんて一言も聞いていない。だが、それは姉の巧妙さの表れだ。

鈴子は、昔から麻有子が母には逆らえないことを知っている。母の前でいきなり話を持ち出せば、麻有子には断り切れないと考えたのだろう。

それでもこれはあくまでも姉の意見、母も本当は自分の家で暮らしたいのに、姉に押し切られたのかもしれない。麻有子は一縷の望みをかけ、正恵の様子を窺う。正恵は、ベッドの枠に軽くもたれて座っていた。

麻有子の視線を受けても、母は何も言わない。しびれを切らしたように、鈴子が訊ねた。

「やっぱり病院は近いのが一番よ。お母さんもそう思うでしょ？」

結論づけるような鈴子の言葉に、ようやく正恵が口を開いた。

「そうなのかしら……」

どこか曖昧《あいまい》な物言いに、麻有子は首を傾げた。

麻有子が予想した母の言葉はこんなものではない。

『そのほうが安心ね。これまではずっと鈴子にお世話になってきたけど、俊ちゃんも剛《たけし》くんも大変な時期だし、これ以上私のことで迷惑をかけるわけにはいかない。私は麻有子のところに行くわ。麻有子にも親孝行の機会をあげなければ不公平というものでしょう』

てっきり、それぐらいのことは言うと思っていたのだ。そして、実際に母が口にしてもいない言葉に腹を立て始めていた。

今更、不公平というのか。姉と自分の間に公平なんて概念があったためしはない。しかも、母は姉に世話になってきたと言うが、話は逆だ。ずっと姉が母に世話になってきたのだ、と……

ところが母は、麻有子が予想した台詞をひとつたりとも言おうとしない。代わりに躍起になったのは鈴子だ。

「そうに決まってるわ。こんな田舎より東京の病院のほうがしっかり診てもらえるし、麻有子の家は日当たりも良いし、広々してるのよ」

「でもお姉ちゃん、うちはすごく古いし、階段も狭くて急なの。お母さんには住み辛いと思うわ」

「それは困るわね」

正恵は自分の足に目をやってため息を吐いた。今までならまだしも、麻痺が残るかもしれない身体に、狭小な階段の上り下りは辛いと思っているのかもしれない。

形勢不利を感じ取ったのか、鈴子が慌てて口を挟んだ。

「でも、お母さん。麻有子の家には一階に和室があるから、そこをお母さんの部屋にすれば階段の上り下りは必要ないわよ」

「ああ、そうなの……」

依然として母は気のない返事をする。記憶にある母との違いに、麻有子は戸惑うばかりだった。

「とにかく、もうこれ以上、大輔さんのことでお母さんに辛い目に遭ってほしくないの。麻有子のところに行けば、そんな心配はなくなるわ。いい病院があるならなおさらよ。それに、一緒に暮らせば、葵ちゃんとも仲良くなれるだろうし」

その言葉を聞いたとたん、正恵がはっとしたような顔になった。そして、初めてはっきり意志を示す。

「そういえば私、葵ちゃんのことはほとんど知らないわ。会ったことも数えるぐらいだし……。一緒に暮らせば、あの子のこともよくわかるようになるのね。やっぱり麻有子のところに行くことにするわ」

そう言うと、正恵は真っ直ぐに麻有子を見た。

麻有子には、母の目の中に、里帰り出産を選ばなかった麻有子を責める気持ちが込められているような気がしてならない。姉が笑いながら言った。

「初産なのに里帰りもしないなんて、いったい何を考えてたのやら」

言われるまでもないことだ。初めての子ども、しかも離婚してひとりで産むとなったら、普通は母や姉に頼りたくなるものだろう。なにがそれを阻んだのか、母や姉は一度でも考えたことがあるのだろうか。おそらく考えていない。せいぜい、なんて『水くさい子』と感じた程度で片付けてしまったに違いない。

麻有子の思いなどそっちのけで、姉は話し続ける。

「麻有子の家は借家だけど、あれだけ古ければ多少弄っても何も言われないんじゃない？　せめて台所だけでも改装して、使いやすいようにしたら？　IHとか入れてさ。そしたら安全だし私も安心だわ」

「わざわざ工事なんてする必要ないわよ。それに、退院後すぐに麻有子の家に行くとしたら、工事は私が行ってからになるでしょ？　知らない人が家に入ってくるのは嫌なのよ。それに、工事の人にお茶のひとつも出さなきゃならないし、お菓子だって添えなきゃならない。あれこれ考えて買い物に行くなんて面倒すぎて」

「買い物なんて麻有子に任せておけばいいのよ。今までは私がしてきたんだし、いくら麻有子が忙しくてもまったく買い物をしないってことはないはずよ」

今までしてきたのなら、これからもしてよ——そんな言葉が喉から出かかった。

なにより、姉が母の買い物を引き受けているのは、ついでに自分の家の物も買っているからだ。

勝手に冷蔵庫を開けて食材を持っていくこともある。おそらくそれが娘の特権だとでも思っているのだろう。麻有子は結婚後、実家に戻ることがあっても勝手に冷蔵庫を開けたことなどないし、自分や元夫に必要な物を正恵に買わせたこともない。

かつてはその家で暮らしていたとはいえ、結婚したのだから世帯は別。経済的にも自立すべきだ。姉のようにいつまでも母にべったり依存するのは間違っている。

それについても姉は『いいじゃない、家族なんだから』と言う。どこまでもついて回る『家族』の範囲の差に、麻有子はいらいらさせられ続けてきたのだ。

それでもこれまでは、割り切ることができた。それはそれでかまわない。いつまでももたれ合って生きていけ、と切り捨てることができた。けれど、自分のこととなったら話は別だ。

姉と私では考え方が違う。同じことを要求しないでくれ、というのが麻有子の本音だった。

「いずれにしても、他人の家にお金をかける必要はないわ」

「そうね。借家だもんね……」

姉が頷《うなず》き、麻有子はそこで家の話は終わりになると思った。けれど、姉はなおも家の話を続けた。

しかも、どうやら麻有子の家の改装はただの前振り、本題はこちらとしか考えられない内容だった。

「そういえば、お母さんの家、無人にしておくのは物騒じゃない？　俊太の勉強部屋に使わせていいかしら？　あの子、家じゃ落ち着いて勉強できないって文句ばっかり言うのよ」

俊太が落ち着いて勉強できなかったのは、四六時中母が出入りしていたからではないのか。

麻有子にはそうとしか思えなかった。

鈴子はテレビが好きで、一日中付けっぱなしにしている。しかも母がいれば、ふたりして笑ったり突っ込みをいれたりしている。そして、母のことだから、おやつだの軽食だの作っては、孫の部屋に運んでいたのだろう。せっかく勉強しようとしているのに、けたたましい笑い声が聞こえてきたり、部屋に入ってこられたりでは集中できるわけがない。

おそらく姉は、自分と母が息子の勉強の妨げになっているなんて、想像もしていない。

母は母で、満足そうに言う。

「良い考えね。空き家にしておくと家が荒れるっていうし、何より俊ちゃんは今が一番大事なとき。うちが役に立つなら私も嬉しいわ」

もはや、正恵が東京に引っ越すことが決まったような流れに、麻有子は苛立《いらだ》ちを隠せなくなる。

こっちにはこっちの都合がある。確かに、久々に目にした母の様子に、もしかしたらこの人は以前とは変わったのかもしれないと思った。けれど、姉とのやりとりから考えるに結局母は変わっていない。麻有子の意志など端から無視なのだ。麻有子ですらそうなのだから、子どもの葵に対しては言わずもがな、そんな人と一緒に暮らせるはずがなかった。

そもそも、東京に引っ越してきたところで、正恵がひとりきりになる時間のほうが多い。

それぐらいなら引っ越しなんてやめて、今までとは逆に、鈴子が母の家で過ごしたほうがずっと現実的だ。それなら俊太は落ち着いて勉強ができるし、義兄が母に苛立つ回数も減ることだろう。

「ねえ……お姉ちゃん、やっぱりお母さんにうちに来てもらうっていうのは……」

ところが、そんな麻有子の言葉は途中で遮られた。

「いい加減にしてよ、麻有子。こんなことは言いたくないけど、今まであなたはお母さんのことは私に任せっきりで、なにもしてくれなかった。うちは今が一番大変なときなの、こんな時に助け合うのが『家族』ってものでしょ」

——また『家族』……。

姉の言葉で、遠い昔に刺さった棘《とげ》がぴくりと動き、覚えのある痛みをもたらす。

麻有子にとって正恵は、皮膚に埋もれた棘のような存在だ。普段は忘れていても、なにかの弾みで上から押さえつければ、明確な痛みを感じる。今でこそ、ここには棘があると認識する知恵が付いたが、子どものころはそれすらわからず、ついうっかり上から押さえて悲鳴を上げていた。

それでも、いくら忘れたふりをしても、棘は正恵や姉に会うたびに疼《うず》き、存在を主張する。

棘は確かにここにある。抜けることなどないのだと……

姉が振りかざしているのは形ばかりの正論だ。お母さんの世話どころか、助けてもらうばかりだったくせに、と麻有子は馬鹿馬鹿しくなってしまう。

鈴子は親孝行でよくできた娘、麻有子は無責任で何をしでかすかわからない。正しいのはいつも姉……母はそう思っているに違いない。麻有子の意見など誰も聞かないのだから言うだけ無駄だった。

鈴子は勝手な理由を並べ続ける。

「梶山先生はもう少しリハビリが必要だっておっしゃってるけど、それも麻有子の近くの病院でお願いすることにしたらどうかしら？　どうせお世話になるなら、早めに移ったほうがいいでしょう」

「リハビリ？」

そういえば、さっきもリハビリは順調だと聞かされたが、本当のところはどうなのだろう。麻痺が残っているとしたら、それは完全に取れるものだろうか。見たところ、口はずいぶんよく回っているようだが……

そんなことを考えながら、麻有子は正恵の姿をしげしげと眺めた。

「麻痺ってどの程度なの？」

その問いに答えたのは、正恵自身だった。

「手と足にほんのちょっとだけ。しかも左。どうってことないわ」

「そうそう。やっぱりお母さんは日頃の行いがいいのね。どうにか歩けるようになったし、利き手じゃなければ、大して支障ないもの」

「どうにか歩ける程度で退院なんて無謀すぎるでしょ！」

開いた口がふさがらなかった。まさか医者が許可するわけがないとは思ったが、やはり心配だ。すぐにでも主治医に会って……と思っているところに、看護師がやってきた。

これ幸いといわんばかりに、鈴子が話しかけた。

「あ、ちょうどいいところへ。リハビリって他の病院でやってもかまわないんですよね？」

「え……？」

「梶山先生が、妹の家の近くにある病院に紹介状を書いてくださることになってるんです。どうせならリハビリからそちらにお世話になろうかと」

「いや、それは難しいと思います」

少なくとも二、三週間はこの病院でリハビリをしてからでないと、生活に支障が出かねない。その状態で退院許可が出ることはないだろう、と看護師は説明した。

「そういうものなんですか……。どこでやっても同じだと思ったんですけど……」

「まずそこまで行くのが大変じゃないですか。妹さんは確か、東京にお住まいでしたよね？　お仕事はされてるんですか？」

「ええ。フルタイムで」

「じゃあ、なおさら難しいです。まずはこちらでしっかりリハビリをして、そのあとってことじゃないと。それに……」

そこで看護師は言葉を切り、正恵を見つめた。正恵は慌てたように首を小さく横に振る。ただ、そんな無言のやりとりに気付いたのは麻有子だけで、姉はすかさず看護師に反論を始めていた。

「仕事なら私も始めるつもりなんです。家族がいるから週末が休みになる仕事にしようと思ってますし、そうなったら病院にも一緒に行ってあげられないんです。その点、妹は平日が休める仕事をしていますから、そういう意味でも安心なんですよ」

怒濤のように言い立てる鈴子に、看護師はため息まじりに言った。

「これは私の個人的意見ですが、お仕事を始められるにしても、しっかりリハビリして、これなら妹さんのところに移っても大丈夫、となってからのほうがいいように思います。そのほうがお母様も安心でしょう」

医療のプロである看護師の言葉に姉は渋々頷く。まさに地獄で仏の気分でいる麻有子に、鈴子はつまらなそうに言った。

「じゃあ、引っ越すのはまだ先ってことね。でも、とりあえず着替えと身の回りの物は私が荷造りして、いつでも麻有子のところに送れるように用意しておくわ。よかったわね、お母さん、私がいて」

はいはいはい……どうせ私は、と心の中で毒づきつつも、麻有子は時間の猶予ができたことを喜ぶ。今はなにを言っても無駄だ。姉の頭には、母を麻有子に押しつけることしかない。

ここはいったん家に戻って対策を練るべきだ。時間をかければ、鈴子を説得できるかも知れないし、姉の頭も冷えて、母と別居するデメリットに気付くかもしれない。

急がば回れ、あるいは発展的後退……そんなことを考えながら、麻有子はふたりに言った。

「とりあえず、今日のところは帰るわ。うちに来るなら、お母さんの部屋を用意したほうがいいし、病院の予約も取らなきゃ……」

鵜飼総合病院は大きな病院だから、たとえ紹介状があっても予約なしに診てもらうのは難しい。きっとすぐには予約も取れないだろう、という麻有子の話に、ふたりは素直に頷いた。

「いい病院は混んでるものよ。でも、たとえ予約が先になったっていいじゃない。今すぐどうこうなる病状でもなさそうだし、まずは引っ越してのんびり待てばいいのよ」

鈴子はとにかく母を早く引き取らせようと躍起になっている。これでは、どうかすると退院したその足で麻有子のところに行けと言い出しかねない。なんて薄情な……と呆れながら、麻有子は言い返した。

「そんなに焦らないで。こっちにだって都合ってものがあるでしょ」

「都合って？　部屋なんて行ってからでもいいし、病院も……」

「じゃなくて、まずは葵に説明しなきゃ」

これまでの親子ふたりの気楽な暮らしが激変するのだ。単純に洗濯ひとつ取っても量が増えるし、相手が病人となったら、気にしなければならないことが山のようにあるだろう。

葵はあの年頃にしては目立った反抗もせず、極めて聞き分けのいい子ではあるが、さすがにこれから受験というときにずっと離れていた祖母と同居となったら戸惑う。心の準備をさせてやりたい、という麻有子の意見を、鈴子は鼻で笑った。

「心の準備なんて大げさね。ずっと離れてたっていっても、血が繋《つな》がったお祖母ちゃんじゃない。うまくいくに決まってるわ」

麻有子はもはや言葉も出なかった。麻有子の沈黙を了承の証と取ったのか、鈴子は満足そうに宣言した。

「大丈夫！　葵ちゃんは良い子だもの。心配ない、心配ない。じゃ、退院が決まったら連絡するわね！」

姉は、じゃあちょっと麻有子を駅まで送ってくるね、と母に告げ、鞄を持って立ち上がる。

麻有子は再び、なんとか上手い理由を思いつけますように、母との同居を避けられますように、と祈りつつ、病室をあとにした。

第二章　柔らかい心

一時間ほど病院で過ごしたあと、麻有子はその足で姉に駅まで送ってもらい、直ちに新幹線に乗った。長居したくないのはもちろんのこと、とにかく早く葵と話をしなければ、という気持ちからである。

母との同居を拒みたい気持ちは百パーセントだ。だが、姉を説得できるとは限らない。なにより、母自身が麻有子と住むつもりでいる以上、それを覆すのは至難の業だ。同居を避けられなかった場合を考えても、葵に状況を説明しておく必要があった。

最寄り駅からバスに乗り、麻有子が帰宅したのは夕方になるころだった。

玄関を開けるなり、葵の元気な声が飛んできた。

「おかえりー！　ご飯まだだよね？」

「ただいま。用意してくれたの？」

「うん。サラダとミートソーススパゲティ。ソースはインスタントだけど」

レトルトではなくインスタントと言ったところを見ると、おそらく葵は挽肉と玉葱《たまねぎ》を炒め、粉末のミックスを使ったミートソースを作ってくれたのだろう。

レトルトのほうがずっと簡単だが、粉末ミックスを使うと挽肉もたっぷりだし、味の調整もしやすい。なにより、一度に四人分ぐらい作ってしまえるので、残ったソースをドリアやグラタンに流用できて重宝なのだ。

「ありがとうね。正直、お腹ぺこぺこなの。食べられるだけでもありがたいのに、葵の手作りなんて言うことなし」

「だと思った。すぐできるからね」

ちょうどそこで、パスタの茹《ゆ》であがりを知らせるキッチンタイマーの音が鳴った。

「すごーい。グッドタイミング！　よく帰ってくる時間がわかったわね」

「だって新幹線の時間を知らせてくれたじゃない。検索サイトで調べれば到着時間なんてばっちりだよ。それより、早く着替えて手を洗ってきて」

「はいはい、ただいま！」

どちらが親かわからないようなことを言われ、麻有子は慌てて着替えに行く。その間も、葵の思い遣りが嬉《うれ》しくて、目尻《めじり》は下がりっぱなしだった。

大急ぎで着替えて手を洗い、台所に行ってみると、テーブルの上には湯気の上がるミートソーススパゲティと胡瓜《きゅうり》とレタス、そしてプチトマトを添えたサラダがのっていた。

「うわあ、美味《おい》しそう！　葵、本当にありがとう！」

「パスタセット、五百八十円でーす！　プラス百円でドリンクが付けられますよ」

「安ーい！」

「そこ、感心するところじゃないよ。材料全部、家にあるものなのに、お金を払うっておかしいでしょ」

「あ、そうか……」

「お母さん、お間抜けすぎ」

葵が噴き出し、少し早めのディナータイムが賑《にぎ》やかに始まった。

パスタもサラダも出来は上々、麻有子に褒められて葵はご機嫌で食後のコーヒーまで淹《い》れてくれた。とはいえ、こちらも粉末にお湯を注いだだけのインスタントコーヒー。それでも、慌ただしく郷里を行き来してきた麻有子にはご褒美そのものの味わいだった。熱いコーヒーを啜《すす》りながら、麻有子は慎重に葵の様子を窺《うかが》う。この上機嫌なら、多少気の重い話をしても大丈夫だろう、と判断し、早速母の話を始めた。

「お祖母ちゃんのことなんだけど……」

「そう言えば、お見舞いに行ったんだったね。どうだった？」

「わりと大丈夫そうだったわ。少し麻痺《まひ》が残ってるみたいだけど、リハビリでなんとかなるそうよ」

「ふーん……よかったね」

「でも、病気が病気だし、年ももう七十でしょ？　ひとり暮らしはさせないほうがいいってお医者様に言われちゃったの」

「でも、お祖母ちゃんって、鈴子伯母《おば》さんたちと一緒に住んでるようなものじゃない？」

「そうなんだけど……なんか、いろいろあるみたいで……」

微妙に言葉を濁した麻有子を見て、葵がぎょっとしたように言った。

「まさか、うちに来るとか……？」

「まだ決まったわけじゃないわ」

あちらふたりにとっては決まった話だが、麻有子自身は納得していない。言葉に込めた微妙なニュアンスを、葵は見事に読み取った。

「まだ決まったわけじゃない。でもその可能性は高い、ってことでしょ？」

「全力阻止の構え、ってとこかな」

「そっか……。でも、お祖母ちゃんが決めちゃったら、断れないいんじゃない？」

葵がため息を吐いた。その諦《あきら》めきった表情に、申し訳なさが募る。

「とにかく、葵に迷惑かけずにすむように頑張るから」

「っていうか、お祖母ちゃんと一緒に住むようになったら大変なのはお母さんのほうでしょ。大丈夫なの？」

ストレスが溜《た》まって病気になっちゃうんじゃない？　と葵は心配そうに麻有子を見た。

「お祖母ちゃんとお母さんって、いわゆる犬猿の仲だよね？　あ、犬猿の仲って言うのは違うか。お母さんはお祖母ちゃんを嫌ってるけど、お祖母ちゃんは全然それに気付いてないんだった。ついでに伯母さんも。ほんとに鈍感。でもって、面倒くさすぎ！」

「あんたは、ちょっと大人の事情がわかりすぎ」

麻有子は、苦笑いするしかなかった。

葵はまだ赤ん坊だったころから、麻有子の母や姉に対する愚痴を聞いて育った。なにも聞かせたかったわけではないが、なにかあるたびにひとり言を繰り返していたら結果としてそうなってしまったのだ。

中学生にそんな役割を押しつけていることに自己嫌悪を感じる一方で、麻有子は葵が自分の心情を理解してくれていることを喜んでいる。どうしても辛《つら》くなったとき、愚痴をこぼす相手がいるかどうかで、ストレスの感じ方は大いに変わる。もしも正恵との同居が避けられなかったとしても、葵の存在は百万の味方を得たようなものだ。

葵がいてくれて本当に良かった――

麻有子は娘の存在に感謝しつつ、カップに残ったコーヒーを飲み干した。

×　×　×

「あ、森園さん、ちょうどよかった。ちょっといいかしら？」

翌日、事務所に入ってきた麻有子を見るなり、日置克美《ひおきかつみ》が訊《たず》ねた。

克美は麻有子が入館する前から安代美術館で働いている学芸員で、現在は副館長を務めている。

彼女は舅《しゅうと》が亡くなったあと、姑《しゅうとめ》を引き取るかどうかでもめていたが、結局同居することになった。その姑も一昨年大往生、今は精神的にも経済的にもかなりゆとりがあるように見える。定年退職まであと数年のはずだが、その後は悠々自適の生活となるだろう。

克美はとても面倒見のいい人で、入館当時からいろいろ相談に乗ってくれた。

麻有子が離婚したとき、同僚の中には麻有子の選択を否定的な目で見る者もいた。聞こえよがしに皮肉を言う者もいて、恵まれた職場だと思っていただけに、たかが離婚ひとつで……と麻有子はショックを受けた。けれど、そのときの麻有子はとにかく新しい生活を築くことに精一杯で、対処する余裕はなかった。そんな麻有子に代わって、彼らをやり込めてくれたのが克美だった。

『人にはそれぞれ事情ってものがあるの。くだらない噂話がしたければ、洗面所へどうぞ。もっとも、自分たちがどんな顔で話してるか直視できるならだけど！』

克美に啖呵《たんか》を切られた同僚たちは、気まずそうにお互いに顔を見合わせた。人が悪口を言うとき、どんなに醜い顔になるのかを思い知れ、といわんばかりの克美の台詞《せりふ》はかなり応《こた》えたのだろう。

特に、言いたいことは正々堂々と、面と向かって言えないことは端《はな》から言うな、が信条の克美を前に、反論などできるわけがない。なにせ彼女は当時既に四十代に突入していたというのに皺《しわ》もシミもほとんどなかった。本人も、下がる気配すらない口角は、陰口とは無縁の生活が作ったと言って憚《はばか》らなかったのだ。

克美に一喝されて以来、麻有子に対する陰口は止んだ。不幸だと嘆くわけでもなく、淡々と出来ることをこなし、出産準備を進める姿に徐々に理解者が増え、葵が生まれたときには同僚全員がお祝いのメッセージを送ってくれた。それもこれも、克美がいてくれたからこそである。

その後も克美は、麻有子の生活全般に亘《わた》って助力を惜しまず、一軒家を借りたいと打ち明けた麻有子に不動産屋まで紹介してくれた。

なんでも高校時代からの友だちだそうで、麻有子の希望をじっくり聞いて、条件に合う家を一生懸命探してくれた。もしも飛び込みで入った不動産屋なら、ここまでの待遇は得られなかったはずだ。その後、決まった家の場所を確かめ、あそこに住むなら絶対車が必要だと言い張り、格安の軽自動車を見つけてくれたのも彼女だ。とにかく、何から何まで世話になりっぱなし、今麻有子があるのは彼女のおかげといっても過言ではなかった。

──そういえばこの人は、いつだったかお姑さんから同居を持ちかけられたとき、いったんは断ったと言っていた。何年かしてから結局同居したようだけど……

どう断ったのかも、結局同居することにした理由も気にかかる。実の親と姑は違うかもしれないけれど、もしかしたら参考になる意見を聞けるかもしれない。あとで時間を作ってもらえないか頼んでみようかな……

そんなことを考えながら、麻有子は克美の机に近づいていった。

克美の机の上にはほとんど埋まったシフト表がのっている。従業員のシフトを組むのは彼女の仕事だから、目下その最中というところだろう。

「来月、どうしても休みたい日とかある？」

「これといっては……」

「葵ちゃんの学校関係とかも大丈夫？　そろそろ進路説明会とか始まるんじゃない？」

「学校からまだなにも連絡がありませんし、たぶんもう少し先になると思います」

「そう。ならよかった。葵ちゃんは学校からのプリントをなくしたりしないから安心よね」

うちの馬鹿息子どもは、学校でもらう連絡プリントを片っ端からなくした。直前になって、他のお母さんから、そういえばもうすぐ参観日ね、なんて聞かされ、慌てたことは数知れない、と克美は愚痴を言う。

それでも麻有子には、彼女がふたりの息子を可愛がり、今では頼りにしていることはわかっている。こうやって愚痴を言うのも、彼女なりの愛情の表れだった。

「ま、説明会のひとつやふたつあなたがすっ飛ばしても、葵ちゃんは大丈夫。必要なことはちゃんと伝えてくれるでしょう」

「だといいんですけどね」

「そうに決まってるわ。ってことで、来月のシフトだけど、私に任せてもらって大丈夫？」

「はい。だい……」

大丈夫です、と続けかけて、麻有子ははっとした。

もしも正恵をこちらに引き取るとしたら、迎えに行かなければならない。おそらく病院も、初診のときぐらいは同行すべきだろう。どうあっても避けたいとは思うけれど、万が一の場合、それらに合わせて仕事を休む必要がある。とはいえ、今現在、正恵の退院日は決まっていないし、こちらに引き取るかどうかすら決まっていない。

どうしたものか……と考え込んでいると、克美が怪訝《けげん》そうに訊《き》いてきた。

「どうしたの？」

「ちょっと不確定要素があって。たぶん大丈夫だと思うんですが……」

「ふうん……。それ、私が聞いたほうがいい話かしら？」

なんて察しの良い……

麻有子は渡りに船とばかりに、大きく頷《うなず》いた。

「お忙しいところ申し訳ありません。でも、できれば相談に乗っていただけるとありがたいです」

克美はしばらく、麻有子の顔とシフト表を見比べていた。かと思うと、机の引き出しから小さな紙を取り出す。どうやらなにかのクーポン券らしい。

「お昼を一緒にどう？『日だまり』あたりだったら落ち着いて話が出来ると思うわ。

ちょうどランチの割引券があるのよ」

　使用期限が迫っているから使ってしまいたい、と克美は言う。

『日だまり』というのは、安代美術館のすぐそばにあるレストランだ。本格フランス料理で接客にも味にも定評があるが、価格設定が少々高めで、たまに訪れる来館者ならともかく、安代美術館の従業員が日常的に利用することは難しい店だった。

「開店二十周年記念でランチセット五百円引きだそうよ。それでも、千三百円もするけど」

　高いには違いないが、日頃から頑張って働いているのだから、たまのご褒美はありではないか、と克美はクーポンをひらひらさせた。

　麻有子は、克美の配慮に改めて感動し、深々と頭を下げた。

「ありがとうございます。じゃあ、ご一緒させていただきます」

「OK。じゃ、お昼まで頑張って働きましょう」

　そう言うと、克美はシフト表をひょいと脇によけ、来月から始まる企画展の資料を読み始めた。


「それは面倒ね……」

　克美は象牙《ぞうげ》色の小皿に盛られたオードブルにフォークを刺しつつ、思案顔になった。

　鮮やかなオレンジ色のクリームチーズのスモークサーモン巻きが、彼女の口に吸い込まれていくのを眺めながら、麻有子は小さくため息をつく。

「面倒って、言っちゃっていいんでしょうか……」

克美のように姑の話ではなく、自分自身の母親である。心のどこかに、面倒だとか煩わしいと思うのはいかがなものか、という気持ちがある。特に、麻有子が実家を出るまでどんな気持ちで過ごしてきたかを知らなければ、理解を得ることは難しいだろう。けれど、次に克美が口にした言葉は、麻有子の憂いを払拭《ふっしょく》するものだった。

「実の親子だろうがなんだろうが、相性が悪い相手っているものよ。そんな相手と同居話が持ち上がってるんだから、面倒に決まってるじゃない」

「そう言っていただけると気が楽になります。本当にもう、どうしていいやら……」

姉はどうあってもこちらに押しつける気でいるし、母もそれに賛同している。なにをどう話せば阻止できるのか、見当も付かない。良いアイデアがあったら教えてほしい、と言う麻有子を、克美は片手を上げて制した。

「ちょっと待って。気持ちはわかるけど、一度落ち着いて考えてみましょうよ」

「落ち着いてって言われても……」

「とりあえず、同居のメリットとデメリットを挙げてみたら？」

「デメリットしか思いつきません……」

克美は麻有子の答えを軽く笑ったあと、自らカウントを開始した。

「じゃあ、デメリットは言うまでもないってことで、メリットを探しましょう。まずは、家事の面。お母様は家事に長けた人だそうだから、あなたと葵ちゃんの負担は減るでしょう」

「でも、いちいち文句を言われるぐらいなら自分でやった方がマシなんです」

「それはあなたに限ってのことじゃない？　葵ちゃんは案外平気かもしれないし、そもそもお母様が葵ちゃんに文句を言うかどうかは未知数よ」

「どうでしょう……」

麻有子が知る正恵は、歯に衣着せぬ人の典型だ。葵にだって嫌みを言いまくるかもしれない。ただでさえ受験で大変なときに、葵にそんな負担を強いたくなかった。

だが克美は、あっさり首を左右に振った。

「葵ちゃんのスルー力が天下一品だったら？　私は意外とその可能性は高いと思ってるの。世の中には口さがない人が溢《あふ》れてるし、シングルマザーってだけでいろいろ言う人もいるわ。それでもひねくれることなく育ってるんだもの、耐性は絶対あるわよ」

「かもしれません」

「だとしたら、家事に取られる時間を勉強に使えるのは大きなメリットよ。それにソーラーパワーをフルに利用できるってすごいじゃない」

同じ家事をこなすのでも、日中とそれ以外では全然違う。特に天気の良い日にからっと干された洗濯物や布団は、値千金だと克美は主張した。

「私も姑との同居なんてうんざり以外のなにものでもないと思ったけど、帰ったらご飯は出来てるし、お風呂《ふろ》だって沸いてる。湯上がりにばさーって倒れ込んだお布団がお日様の香りだったときは、さすがに感謝したわ」

　自分が作らなくても食事が出され、暖かい布団で眠れるのは姑がいてくれるからこそ。さらに克美は姑と同居したことで、仕事自体も捗《はかど》るようになったそうだ。

「残業し放題なのよ。まあ、だからといって毎日遅くまで働く気はなかったけど、どうしても閉館後じゃないとやれない作業があるでしょ？」

　それまでは残業に備えて夕食の支度をしたり、夫に早めに帰れるかどうか確かめたりしなければならなかった。だが姑がいることで、それらが一切不要になったそうだ。

「姑に連絡して『ごめんなさい、今日はちょっと遅くなります』って言うだけでよくなった。突発的な残業だって全然平気。そう思ったら、すごく気持ちにゆとりができたの。それよりなにより嬉しかったのは出張よ。泊まりがけだってなんだってあり」

「あっ！　じゃあ、『クーリエ』も！」

　克美の指摘に、麻有子は思わず声を上げてしまった。

　泊まりがけの出張ができる――それは麻有子にとってとても魅力的な話だった。

　学芸員は美術館や博物館の片隅で黙々と働く仕事と思われがちだが、案外外に出なければならないことが多い。作品についての調査研究、展覧会の企画や準備の相談はもちろん、地域への文化普及活動、他館への貸し出しに同行し監督する仕事もある。作品に同行する仕事のことは『クーリエ』と呼ばれ、これを受け持つとなると地方や、時には国外への出張も伴う。

私設美術館である安代美術館が国外に作品を貸し出すことがあるのか、と思われがちだが、安代美術館は日本でも屈指の精密画コレクションを持っている。そのせいで、海外からの貸し出し要請が引きも切らない。学芸員である麻有子は本来なら『クーリエ』を務め、作品がきちんと扱われているか見守らねばならないのだ。

けれど、子持ち、しかもシングルマザーである麻有子は『クーリエ』を務めることはほとんどない。あったとしても日帰り、しかも短時間で往復できる場所に限られた。とはいえ、そんな近距離にある館に作品を貸し出すことはほとんどない。わざわざ手間暇かけて移動させるぐらいなら、こちらに見に来てもらったほうがいいからだ。

入館してから二十年以上の月日が過ぎたというのに、大事な作品に同行することもできない。年齢と経験が上がれば、外でおこなわれる会議に出る機会や講演依頼も増える。けれど、そのいずれも『子どもをひとりにして出張はできない』という理由で、他の人に代わってもらっていたのだ。

職場の理解があってこそとはいえ、誰かに『クーリエ』を頼むたびに、麻有子は申し訳なさでいっぱいになっていた。

もしも家にもうひとり大人がいたら、麻有子は出張に行ける。それが葵の祖母なら、これ以上安心なことはない、と克美は言うのだ。

企画が成功するもしないもスタッフの腕次第。麻有子が身軽に動けるようになれば、もっとたくさんのことができるはずだ。麻有子の学芸員としての生活は、より充実したものになるだろう。

「そのとおり。私も姑と同居するまでは『クーリエ』はもちろん、会場が遠い会議や研修会だって出席できなかった。夫は忙しくて帰宅が遅いし、出張も多い人だったから、留守番なんて頼めないでしょ？　私が副館長になれたのも、少しは姑のおかげもあるのかも」

素直には認めたくないけどねーと苦笑しながらも、克美は、これは最大のメリットかもしれないと言った。

「あなたはよく頑張ってくれてるわ。でも、あなたは前から『クーリエ』をやってみたいって言ってたわよね？　お母さんと同居することで、それも可能になる。今以上に活動の場が広がるとしたら、あなた自身のやり甲斐《がい》が違ってくると思う。精一杯スルー力を磨いて、同居に踏み切るのもひとつの道かも。憂さ晴らしならいつでも付き合うし」

姑はもういないけど、うちはもう子どもたちは育ち上がった。麻有子に時間ができさえすれば、夜の外出だってありだ、と克美は嬉しそうに笑った。

「なんなら、家にいる時間がとことん減るように、仕事を積み上げてあげてもいいわよ」

「それは勘弁してください！」

「やあね、冗談よ」

笑いこける克美にほっとしつつ、麻有子は考える。

確かに、母を迎えるメリットは小さくない。葵の負担や仕事のことを考えたら、同居したほうがいいような気さえしてくる。問題は、自分自身の心情だけだ。それだけのために、同居を拒むのはやはり我《わ》が儘《まま》なことなのだろうか……。

同居するか否か。いや、もしかしたら選択肢など与えられていないのかもしれない。だとしたら、デメリットに目を瞑《つむ》り、良いことだけを考えて進むという手もある。

母と同居すれば姉は喜ぶだろう。仕事の幅だって広がる。なにより麻有子自身が、母親を蔑《ないがし》ろにする娘として非難を浴びることもなくなるはずだ。

でも、いや、やっぱり……。

理性と感情が真っ向から対立する。これまでデメリットばかりと考えていたのに、思いのほかメリットが多いことに気付かされ、麻有子は混乱の真《ま》っ只中《ただなか》だった。

こんなことなら克美に相談などしなければよかった、と思いかけて、慌てて自分を戒める。

克美には、折に触れて姉や母の話をしてきた。彼女らの性格も、麻有子が彼女らにどんな感情を抱いているかも、ある程度わかっている。その上で、克美は今回の状況を冷静に判断し、同居しなければならない可能性のほうが大きいと判断したのだろう。

だからこそ克美は、同居のメリットを最大限にアピールしてくれたのだ。それを恨めしく思うなんて罰当たりもいいところだった。

これまでは断固拒否の構えだったのに、ここに来て迷いが生じた。同居によって受けるストレスと、仕事を自由に出来ないストレスはどちらがより大きいか。いっそ決定権を葵に渡してしまうというのは無責任すぎるだろうか……

揺れる気持ちの中、麻有子は白身魚のソテーを口に運ぶ。見るからに滑らかそうなベシャメルソースの舌触りに言及する余裕もなく、黙々と食事を進める麻有子に、克美が新たな質問をした。

「それで、葵ちゃんはなんて言ってるの？」

「なんとも……」

「どういうこと？」

「ひととおり話はしたんですが、なんかあの子、私のことばっかり気にしてて、自分の気持ちについては、はっきり言ってくれなかったんです」

「良い子ねえ……きっと葵ちゃん、誰よりもあなたがパニックになってるってわかってるのよ。だからこそ、自分のことは二の次に……。でも、やっぱりこの件については、あなたと葵ちゃんの間できちんと話し合うべきよ。葵ちゃんはしっかりしているから、ついつい甘えたくなる気持ちはわかるけど、ここは踏ん張りどころでしょ。今日はさっさと帰って、ちゃんと相談しなさい」

あなたは母親なんだから、と最後の最後で叱咤《しった》激励《げきれい》し、克美は優雅なランチタイムを終了させた。

気持ちはぐらぐらだったけれど、そこはそれ、昨日今日働き始めたわけでもない。長年の経験をフルに発揮し、仕事に集中した結果、麻有子は、終業時刻を過ぎたことにも気付かずにいた。

ふとパソコンのモニターに目をやり、ようやく時刻を認識したが、一時間前後の残業はいつものことだ。作業は途中だし、これを片付けてから……と思っていると、克美がやってきた。

彼女は、麻有子の机の横に立ち、さあ帰れ、すぐ帰れ、直ちに家族会議だ、と連呼した。

家族会議の必要性は認めるが、自分自身の感情すら満足にコントロールできないのに、冷静に話し合えるとは思えない。本心をぶっちゃけて説明してみたところで、自分が母を嫌う理由について、葵は理解してくれるのだろうか……

そんなこんなで麻有子がぐずぐずしていると、克美はとうとう、これは上司命令だ、とまで言いだした。やむなく麻有子は荷物をまとめ、職場をあとにした、というわけである。

どんなに気が重くても、立ち止まらない限り、家は近づく。半ば諦めに近い気持ちで、麻有子は自宅の玄関ドアを開けた。

あらかじめ帰宅時間を連絡してあったため、葵は夕食を調えて待っていてくれた。

しかも、早く麻有子が帰れると知って急遽《きゅうきょ》お好み焼きに変更してくれたらしい。本人曰《いわ》く、今日の夕食に予定していたのはヒレカツだったけれど、それは明日に回すことができる。せっかくふたりで食べられるなら、ここはやっぱり卓上調理、ということだった。

ヒレカツは麻有子も大好きだし、今時のオーブンレンジは優秀なフライ温め機能がついているから、温め直しでも十分美味しい。それでも、じっくり話し合うにあたって、ホットプレートの上で焼けていくお好み焼きを見ながら、というのは、実にありがたいシチュエーションだった。

「難しい話だよね」

葵はフライ返しに手を伸ばしながら呟《つぶや》いた。麻有子は、焼き上がったお好み焼きを皿に移す娘の表情をじっくり窺う。

葵はよく他人様《ひとさま》から聡明《そうめい》で素直、かつ大人びていると褒められる。親の麻有子にはとんでもなく甘えた一面をさらけ出すし、そんな葵を見ていると、世間の評価はいささか褒めすぎだと思うこともある。それでも、彼女が早熟かつ真っ直ぐな性格であることに違いないと思う。

けれど、そんな葵であっても、いや葵が真っ直ぐな性格であればあるほど、麻有子のねじくれた感情を理解してくれないのではないかと思えてくる。

そこで麻有子は、自分の感情についての説明を全力で放棄し、葵に事実だけを伝えることにした。

つまり、うちの近くにいい病院があって、お祖母ちゃんはそこにかかりたがっている。彼女の希望を叶《かな》えた場合、この家に同居することになってしまうが、それについて葵はどう思うか、と訊ねてみたのだ。

それに対して返されたのが、難しい話だよね、という呟きで、その後、葵はしばらく黙ってお好み焼きを食べていた。やむなく麻有子も食事を続けていると、考えがまとまったのか、ようやく葵が口を開いた。

「それって、あたしがどう思うかなんて関係ないんじゃない？……っていうか、お母さんとかあたしの意見なんて聞いてもらえない気がする。伯母さんとお祖母ちゃんがこうって決めたら、あたしたちがなにを言っても無駄だよね」

そして葵は、盛大にため息をついた。

「どうせ、伯母さん、お祖母ちゃんのことで伯父《おじ》さんと喧嘩《けんか》でもしたんでしょ。言葉は悪いけど、厄介払いだとしか思えないよ」

「え……なんでそう思うの？」

「思うに決まってるよ。息子ふたりは大きくなって手もそんなにかからない。むしろ、よけいな口出しばっかりされて鬱陶《うっとう》しい。もともと伯父さんとお祖母ちゃんってあんまり相性は良くないし、伯母さんは間に挟まって限界。いい病院があることを理由にうちに押しつけちゃえ、ってことじゃないの？」

返す言葉もなく、麻有子はじっと娘を見つめた。葵は、麻有子の想像以上に周囲の機微に敏感だったようだ。葵は、麻有子の沈黙を肯定の証《あかし》と受け止めたのか、諦めたように言った。

「やっぱりね……。だとすると、お祖母ちゃんがうちに来るのは既定の事実」

「でも!!」

思わず大きな声を出した麻有子を、葵は気の毒そうに見てくる。やはり、克美が言っていたように、葵にとって正恵との同居はメリットのほうが大きいということなのだろうか。

結局、問題なのは私自身の感情だけだ……

突きつけられた事実に、麻有子は心底落ち込んだ。

誰も私の感情など理解してくれない。『毒親』なんて言葉が生まれるぐらいだから、親を疎ましく思う子どもの存在は認知されつつあるのだろう。それでもなお、それはあくまでも特殊例、子どもは無意識に親を慕うもの、嫌うなんてあり得ないという認識がある。特に、身体への虐待や著しい貧困を伴わない場合、単なる思い込みや我が儘と捉《とら》えられてしまうのだろう。

葵のことを考えたら、正恵との同居を受け入れたほうがいい。自分自身にも仕事というメリットがある。それがわかっていても、はいどうぞ、と言えない。理屈と感情のジレンマに、麻有子は苛《さいな》まれていた。

そのとき、葵がまた口を開いた。

「お母さん……あたしだって別に、大喜びでお祖母ちゃんを受け入れるわけじゃないよ」

「でも、お祖母ちゃんがいてくれれば家事の負担は減るし、勉強に打ち込めるじゃない」

「そんなのどうにでもなるよ。今から一日中机に齧《かじ》り付かなきゃ入れないような学校を受けるつもりもないし」

葵が希望しているのは家から自転車で通える距離にある公立高校だ。それなりの進学校ではあるが、地域のトップ校ではない。葵はその学校の、やるべき事をやっているなら多少の脱線はご愛敬、という緩い校則を気に入っていたし、成績面でも問題はない。油断せずに、今までどおりの勉強を続けていけば合格できるだろう。

「三年生になってから大車輪っていうのは、部活で放課後も週末も取られっぱなし、なおかつ志望校と今の成績がちょっと離れちゃってる子の話。あたしは家事にそこまで時間を取られてるわけじゃないし、今のままで大丈夫だよ」

「そうか……そう言われればそうね。じゃあなんでそんなにあっさり……」

「お祖母ちゃんを受け入れるか、って？　そんなのお母さんのために決まってるじゃない」

「え……？」

「お母さんはお祖母ちゃんとはアウトだけど、伯母さんとはそこまでじゃない。でも、ここで断ったら伯母さんとも上手《うま》くいかなくなっちゃう。さすがにそれは痛いでしょ？」

たとえ上手くいかなかったとしても、いったん引き受けて頑張ってみたけど駄目でした、っていうのと最初から断るのでは心証が違う、と葵はしたり顔で言う。

「お祖母ちゃんが戻りたいって言うかもしれないし、伯母さんが戻ってほしいって泣きついてくる可能性だってゼロじゃないでしょ？　ゼロじゃないっていうか、半々ぐらいの確率はありそう」

「そんなにうまくいくかしら……」

「ダメ元、って言ったらお母さんには気の毒だけど、お祖母ちゃんと伯母さん相手に全面戦争よりはマシかな」

確かに、姉が連れ戻しに来る可能性はゼロじゃない。義兄の母への不満は、すべて家事が円滑に回り出してから生まれたものだ。麻有子に対してほど口うるさくは言わなかったにしても、常に母が側にいてどんな風に家事をしているか見ていると思えば、鈴子だって一定のレベルを保たねばならなくなる。

けれど、もともと家事が好きでも得意でもない姉のこと、母の目がなくなったら家の中がどうなるかわかったものではない。掃除は行き届かず、料理も出来合い、アイロンだってろくにかけない、となれば、義兄の不満は今度は鈴子に向かいかねない。そうなったら鈴子が音を上げるのは時間の問題だろう。

なおも葵は言う。

「それに、職場の人に話したのなら、出張や研修についても言われたんじゃない？」

「鋭いわね……」

「やっぱり……。でもそれも当然だよね。これまでお母さんは、あたしがいるせいで、本来ならお母さんがすべき仕事を人に回してきたってことでしょ？　しかも、お母さんはそのことについて、ずっと申し訳ないと思ってきた。それが解消されるってことは、すごくいいことだよ。お母さんだけじゃなくて、職場の人にとっても……」

この子の言うとおりかもしれない……

葵の話を聞いて、麻有子は素直にそう思った。

確かに今日、克美は麻有子の気持ちを慮《おもんぱか》った助言をしてくれた。だが、彼女の副館長という立場から考えれば、麻有子の仕事を他の誰かがしなければならない状況は、望ましくないに決まっている。克美がその点について一切触れなかったのは、彼女の優しさ故だ。自分はなんと上司に恵まれていることか、と改めて感謝してしまう。

そして、克美以上に麻有子の気持ちを前向きにさせたのは、麻有子の心情を理解した上で、姉と不仲になるのを防ごうとしてくれた葵の心遣いだった。

私にはこんなに力強い味方がふたりもいる。なんとか頑張れるかもしれない……

そんなことを考えていると、葵が結論づけるように言った。

「とにかくいったん引き受けて、可及的速やかにお戻りいただけることを祈りまくるのがおすすめ」

「わかった。ありがとうね、葵」

「どういたしまして。で、お祖母ちゃんはいつ来るの？」

「たぶん、リハビリが終わり次第。早くても二、三週間後かな」

「OK。じゃあ、それまでに部屋を片付けなきゃ」

うわー面倒くさい、と言いつつも、葵は笑っている。

麻有子は、あまりにも突然、かつ生活が激変しかねない事態を笑って受け入れようとしている葵に頼もしさを感じるほどだった。

葵は食べ終わった食器を流しに運び、そこから居間全体を見回した。

「お祖母ちゃんの部屋、やっぱりあそこがいいかな……」

そう言った葵の目の先には、居間と続き部屋になった和室があった。

「鈴子伯母さんもそう言ってたわ。階段の上り下りは大変だもの」

「だよね。じゃあ、ご飯食べたらちょっと片付けるよ」

「それはお母さんがやるわ」

「お母さんは、食器とか布団の支度をしなきゃならないでしょ？」

「そうか……。そういうのもいるんだった……」

「当たり前じゃない。ちょっと、お母さん、大丈夫？」

「全部持ってきてもらえばいいかと思ってた」

「そんなのだめだめ。ちゃんと、お祖母ちゃん専用のお茶碗やお箸《はし》を用意しておかなきゃ、また叱られちゃうよ。あなたたちには歓迎する気持ちがないのね、なんてさ」

私よりも葵のほうがずっと冷静だ——

和室に入り、どれをどこに動かすか、と首を捻《ひね》っている葵を見ながら、麻有子は反省することしきりだった。

正恵が使うものは正恵、あるいは鈴子が用意すればいい。麻有子が選んで用意したものを、母が気に入るとは思えない。むしろ難癖を付けられかねないのだから、姉に任せるか母が今使っているものをそのまま持ってきてもらうほうが簡単だろう、と麻有子は考えていた。

だが、葵はそれは逆効果だと言う。

たとえ本人が使い慣れたものを持ってくるとしても、とりあえず『お祖母ちゃんのために』準備をする必要がある。専用の食器、専用の寝具、専用の……と揃えることが、一番わかりやすい歓迎の形だというのだ。

「でも、新しいのを買うとお金がかかっちゃうわ」

「新しいのなんて必要ないよ。どうせ、お祖母ちゃんはうちにあるものなんて知らないんだから、使ってないものを『お祖母ちゃん用』にすればいいんだよ。引き出物とかなんかのお返しでもらったものとか、けっこう押し入れにあるんじゃない？」

お母さんはそれを探してよ、下手に安いのを買うより見栄えがするし……と言いつつ、葵はにやりと笑った。

「とにかく『お祖母ちゃんのために』いろいろやりましたって感じにしようよ。気に入らなくて使わないのはお祖母ちゃんの勝手だし、なにもしなくて文句を言われるよりずっといいよ」

「了解。あんたってほんと、変なところに頭が回るわね」

「変って何よ、変って！　これでもけっこう気を遣ってるんだからね」

「はいはい、ありがとう。じゃ、ぱぱっと片付けちゃおう」

「うん、お風呂も済ませてゆっくりテレビ見ようよ。今日は、お母さんが好きなドラマがあるよ。そろそろ最終回だから、ちゃんと見とかないと」

「え、ほんと？　じゃあ急がなきゃ！」

結局ヒロインは誰とくっつくのか。真面目で頼りがいがあるけど顔面偏差値が今ひとつの彼か、将来性は見込めないけど一緒にいて楽しい彼か。はたまた、どっちも選ばずひとりで生きていくのか、などと勝手な予想を繰り広げながら、麻有子と葵はそれぞれの作業に取りかかった。

×　×　×

麻有子が、葵が通う中学校からの連絡を受けたのは、葵と話をしてから一週間後の十二月十八日、母の受け入れ準備もほぼ整い、やれやれと安心していた矢先だった。

もうすぐ十三時になるという時刻、ぶるぶると震える携帯電話を覗《のぞ》き込んで麻有子は首を傾げた。

普段から電話でやりとりする相手の番号は登録してあるから、かかってくれば相手の名前が表示される。だが、今、モニターに出ているのは番号のみだ。それでもどこかで見たような番号な気がして、麻有子はおそるおそる通話ボタンを押した。

「お忙しいところ失礼いたします。私、市立第三中学校の勝村《かつむら》と申しますが、森園葵さんのお母様でいらっしゃいますか？」

電話をかけてきたのは、葵の担任教師だった。麻有子が、そうだ、と答えると、今時間は大丈夫か、と問う。

「ちょうど昼休みを取っているところです。なにか葵に問題でも？」

「問題というか……葵さんのおうちでの様子をお聞きしようかな、と。近頃なんだか元気がないようなのでちょっと気になって」

「元気がない……？」

「ええ。葵さんは活発なお子さんですし、休み時間もお友達と楽しそうに話してることが多かったんです。でも、近頃ずっとひとりで、本を読んでいるか書き物をしているみたいで」

最初は体調でも悪いのかと思っていたが、咳《せき》も鼻水も出ていない。顔色が悪いわけでもないし、体育も普通に出席している。それでも気になって、何か変わったことでもあったか、と訊ねてくれたそうだが、葵はなにもないと答えたそうだ。

「葵さんはしっかりしたお子さんですが、それだけに、嫌なことがあっても我慢してしまっているのではないかと心配です。おうちで、なにか変わった様子はありませんか？」

勝村に訊ねられ、麻有子はこのところの葵の様子を思い出してみた。

食欲がないわけでもないし、麻有子との会話も減っていない。ここしばらく込み入った話はしていないが、ご飯ができたわよ、とか、お湯が冷めるからさっさとお風呂に入っちゃいなさい、とか、の呼びかけにも、葵は普通に返事をした。テレビのバラエティー番組を見て笑い転げている姿を見る限り、悩みがあるとは思えなかった。

「特に変わったことは……」

麻有子の答えを聞いたあと、考え込んでいるような沈黙が続いた。そして、また確かめるように問う。

「ぼんやりしていたり、ため息が増えたりということは？」

「ありません。それどころか、いつもより手の込んだ料理を作ってくれていたり……」

「手の込んだ料理……それはなにかからの逃避ということは？」

そこで麻有子はぎくりとした。

先週はとにかく仕事が忙しく、帰宅も遅れがちだったため、夕食の支度は葵に任せきりになっていた。それでも葵は文句も言わず、焼き魚と葉物野菜のおひたしとか、レトルトではない麻婆豆腐、下味がしっかり染みた鶏の照り焼きなどを用意してくれていた。

それどころか、デザートにチーズケーキまで作ってくれていたのだ。

単純に、忙しい麻有子を気遣ってのこと、ありがたいとばかり思っていた。だが、勝村の言うとおり、逃避行動のひとつとして料理をしている可能性はある。

一時でも悩みを忘れたくて、他のことをする。それは、麻有子自身にもよくあることで、仕事が上手くいかなかったときなど、妙に手の込んだ料理を作る。ひたすら手を動かして料理を作り、それを食べて気分を変えることで、英気を養うのだ。

そんな麻有子を見て育った葵が、同じことをやらないとは限らない。このところ出てくる手の込んだ料理は、葵の悩みの表れではないのか――

「その可能性はあります」

「やはり、何かの問題はありそうですね……。失礼ですが、ご家族はおふたりでしたよね？」

そこで麻有子は、小さく息をのんだ。

家族の人数を訊かれたことで、それが近々変化することを思い出したからだ。

正恵が同居することを話したとき、葵は意外にすんなり納得してくれた。むしろ、麻有子よりずっと前向きな考え方をしているように見えた。けれど、あれはただの虚勢で、本心では嫌で嫌で仕方がなかったのかもしれない。

文句を言っても状況が変わるわけではない。麻有子だって困るに違いない。だからこそ、何も言わず、麻有子の前では元気な振りをして、学校でため息をつく――葵の性格なら十分考えられる話だった。

「すみません。もうすぐ、私の母親と同居することになってるんです。その影響かもしれません」

「葵さんのお祖母様、ってことですよね？」

「そうです」

答えを聞いた勝村は、しばらく考え込むような沈黙を続けたあと、控えめに否定した。

「絶対にそれが原因じゃない、とは言えません。でも、葵さんの悩みがお祖母様との同居にあるとしたら、別にクラスで孤立する必要はありませんよね」

「あの子、孤立してるんですか⁉」

「ひとりでいることが多いのは確かです。でもそれが葵さんご本人の意志なのか、それとも周りがそうさせているのか、摑《つか》み切れていない状況なんです」

とにかく、今までと違う様子なのは間違いない。ことが大きくなる前に、学校と家の両方から問題のありかを探る必要があると勝村は考えたのだろう。

「これは私の憶測に過ぎないのですが、葵さんの場合、お祖母様との同居に悩んでいるというよりも、いじめに遭っている可能性のほうが高いように思います」

勝村によると、それまで集団の中にいた生徒が、ひとりで行動するようになる背景には、少なからずいじめの問題があるそうだ。

しかも、いじめられていても、家族に言えない子どもが多い。自分がいじめに遭っていることを知られたくないあまり、問題をひとりで抱え込んでしまうという。

葵は日頃から、母はいつも忙しくて大変だ、と言っているし、忙しい母への気遣いと、いじめられている自分を知られたくない気持ちの両方から、相談できずにいるのではないか。本当にいじめがあるとしたら、早急に対策を打つ必要がある、と勝村は言うのだ。

いじめが起こっていても認めず、むしろひた隠しにすることが多い中、自ら『いじめ』の可能性を示唆するなんて、ずいぶん勇気のある先生だ、と麻有子は感心せずにいられなかった。

「今のところ、葵さんはただひとりで過ごしているだけで、辛そうでも悲しそうでもありません。でも問題なしとの判断で放置した結果、取り返しのつかないことになった例はたくさんあるんです。私としては引き続き葵さんやクラスの様子を注意深く見守っていくつもりですが、お母様も、お気づきの点などありましたらご連絡いただけると助かります」

「わかりました……。いろいろありがとうございます」

麻有子は電話を片手に、深々と礼をした。それは、勝村に対する文字どおりの感謝と、娘の様子の変化に気付きもしなかった自分の母親としての至らなさを詫《わ》びる気持ちの両方からだった。


電話を切ったあと、麻有子は大車輪で仕事を進めた。

とにかく葵と話さなければならない。勝村に教えられるまで葵の変化に気付かなかったのは、忙しさのあまり、葵とろくに話をしていなかったせいもある。特に夕食を一緒に取れていないのは致命傷だ。ふたりにとって夕食は、その日にあったことを報告し合う大切な場なのだ。

今日こそ葵とご飯を食べよう。残った仕事は持ち帰ればいいことだ——

そして麻有子は、終業時刻になるやいなや職場を出て、駅への道を急いだ。

麻有子は、家に入ったとたん眉《まゆ》をひそめた。

家に入っても、葵の声がしなかったからだ。

時計の針は六時五十五分を指している。この時間なら葵はたいてい夕食の仕上げをしているか、テレビのニュース番組を見ている。そして、ドアが開いた音を聞きつけて、『おかえりー!』と元気な声をかけてくれるのだ。

ところが、今日に限ってその元気な挨拶《あいさつ》が聞こえてこない。改めて足下を見ると、いつもならきちんと揃えて置かれている葵のスニーカーがなかった。

確かに玄関には鍵がかかっていた。けれど、森園家の玄関の鍵は安全を考慮し、常時鍵がかけられている。だから、玄関が施錠されていても、葵は中にいると思っていたのだ。

夕食の食材は揃っていたはずだが、急に別なものが食べたくなったのかもしれない。

あるいは、文房具でも切らして買いにいった可能性もある。

そう思ってしばらく待ってみたが、葵は帰ってこない。やむなく麻有子は携帯電話を取りだし、葵にメッセージを送った。

『どこ？』

そんな短いメッセージに、返信が来たのは送ってから五分後のことだった。

『コンビニ。新発売のアイスを買いに来たの。お母さん、食べたがってたでしょ？』

なんだ……

ほっとするとともに、続いて送られてきた汗を飛ばして土下座する熊のスタンプに、麻有子は吹き出してしまった。

暖房が効いた部屋で食べるアイスクリームは、夏とは違う美味しさがある、というのが葵の意見で、麻有子も異論はない。葵は近頃めっきりデザート作りがうまくなったけれど、アイスクリームまで作る気はないらしく、もっぱらコンビニで買っている。

スーパーでまとめ買いしたほうが安いのに、と思わないでもないが、葵はコンビニは新製品の入荷が早く、メーカーとコラボした限定商品も多いのだと言う。締まり屋の葵にしては珍しいことなので、麻有子も細やかな贅沢として黙認していた。

このところ麻有子は忙しくて、帰宅は早くて八時、どうかすると九時、十時という日が続いている。慌てて職場を出たせいでいつもなら送る『今から帰ります』というメッセージも送信していない。だからこそ葵は、麻有子はまだ職場、あるいは帰宅しはじめたところのはず、と思って、デザートを買いに行ってくれたのだ。

土下座する熊のスタンプは、こんな時間に外にいることを責められると思ったからに違いない。

『今日は定時で仕事が終わったからもう家に着いたわ。車で迎えに行こうか？』

『大丈夫。今から車を出してもらうより、走って帰ったほうが早いから』

『了解。気をつけて』

考えてみれば、これまでもデザートに買った覚えのないアイスクリームが出てきたことはあった。

夕食の支度を終え、ふとアイスクリームが食べたくなって買いに行く。中学生の女の子なら、いや、それ以外の人にだってありがちなことだった。

おそらく、担任教師から電話をもらったせいで神経過敏になっていたのだろう。そんな自分に苦笑しながら、麻有子は二階に続く階段を上がった。

着替えて居間に下りるのと同時に、玄関のドアが開き、息を切らした葵が入ってきた。

「ただいま！　ごめんね、遅くなって。見て見て、新発売のアイス！　甘さ控えめ！」

「甘さ控えめ？　葵にしては珍しいわね。いつもならデザートが甘くなくてどうする！とか言うくせに」

葵は、テレビのグルメ番組をよく観ているが、タレントたちが『甘くなくて美味しい』という言葉を口にするたび、顔を顰《しか》める。甘いのが嫌ならデザートなんて食べるな、というのが彼女の持論で、それについては麻有子も同感だった。

ところが葵は麻有子の指摘をさらりと流し、今夜のメニューを発表する。

「たまにはいいじゃん。あ、今日はおでんだよ。トマトサラダ付き」

「わあ、嬉しい！　温まるね！」

「でしょ？」

葵はアイスクリームを冷凍庫に入れ、コンロのスイッチを捻《ひね》る。

麻有子がテーブルに箸と取り皿を並べる間に、葵は冷蔵庫から出したトマトのサラダを盛り分けている。

おでんが温まるのが待ちきれず、つい蓋《ふた》を取って覗くと、練り物はふっくら、大根は飴色《あめいろ》に煮上がり、スジ肉もしっかり軟らかくなっている様子。麻有子は、鼻一杯に匂いを吸い込んだ。

「美味しそう！　ここまで煮込むの大変だったでしょう？」

「今日は寒かったから、温かい物が食べたかったの。お鍋《なべ》でもいいんだけど、ひとりで食べるのはさすがに寂しいし、おでんなら大丈夫かなーって思って、学校から帰るなり戦闘開始」

ダッシュで買い物に行って、出汁を取って、大根を下茹《ごしら》えして……と、葵は大忙しの様子を語ってくれた。普段なら休日にある程度下拵えしたものを仕上げるだけですむが、おでんを一から作るとなると時間が必要になる。学校から帰って休憩することもなく、作業に取りかかったという。

「ごめんね。今日は早く帰れるって連絡すれば良かった。お鍋なら簡単だったのに」

「いいの、いいの。お鍋は一日で終了だけど、おでんなら二、三日続けて食べられるし」

すまなそうな顔をする麻有子をよそに、葵はさっさとおでんを皿に取り、わきに辛子を添える。

大根を箸で割って、ちょっと辛子をつけて口に運ぶ。思いっきりフウフウと吹いたにもかかわらず、大して温度が下がっていなかったようで『あっつ！』なんて軽く悲鳴を上げた。

麻有子は正恵との同居の影響ではと憂い、勝村はいじめの心配までしている。それなのに、葵の様子はいつもとまったく変わらず、麻有子は拍子抜けしてしまった。

「まったくもう……これなら心配ないわね」

「心配って？」

「今日ね、勝村先生から電話をいただいたの」

聞いたとたん、葵がぎょっとしたような顔になった。

「先生、何だって？」

「最近ひとりでいることが多いけど、大丈夫ですか、って」

「うー……チクられたあ……」

「そういう言い方しないの。先生は心配してくださってるんでしょ？」

「はいはい、わかってます」

「それで、どうしてそんなことになってるの？」

「えーっとねえ……」

葵はいったん口を開きかけた。ところが、そこにいきなりアニメ番組の主題歌が響き渡った。音は葵のポケットから聞こえてくる。この曲は葵のお気に入りで、携帯電話の着信音に設定していたから、おそらく誰かから電話がかかってきたのだろう。

「茜ちゃんだ！」

葵が歓声を上げる一方で、麻有子は珍しいこともあるものだ、と思っていた。

葵の場合、携帯電話と言ってもＳＮＳやゲームアプリの利用がもっぱらで、通話に使われることは少ない。麻有子や茜との連絡もメッセージばかりだ。電話がかかってくる回数自体が少ないし、それが夕食の時間に重なるのはもっと珍しい。なぜなら、茜は夕食時が、葵と麻有子のコミュニケーションタイムだと知っているし、彼女自身が同じように母親と話す時間になっていたからだ。

なにかあったのだろうか、と思っているうちに、葵は電話を持って立ち上がった。

「ごめん、お母さん。今日だけ見逃して！」

そう言うと葵は、二階に上がって行ってしまった。

食事中に電話に出るのは行儀が悪いということぐらい、本人だってわかっているはずだ。だからこそ『見逃して』という言葉を使ったのだろう。

せっかく話をするために早く帰ってきたのに、と思わないでもなかったけれど、見たところ本人は平気そうだし、茜が電話をしてくるなんて滅多にないことだ。

今日のところは大目に見ることにして、麻有子は食事を続けた。

葵はまだ、大根と玉子、トマトサラダを食べたぐらいで、大好物のゴボウ天にもスジ肉にも手を出していない。話がすんだら続きを食べるのだろうと思っていたが、結局、麻有子が食べ終わるまで電話は続いた。そして、ようやく戻ってきたかと思ったら自分が使った食器を台所に運び始める。

「ちょっと葵、もういいの？　あんまり食べてないんじゃない？」

「時間が経ったらお腹いっぱいになっちゃった。それに、茜ちゃんと話してて思い出したんだけど、今日、宿題がすごくたくさんあるの。早く済ませなきゃ！」

そう言いながら食器を洗い、葵はまた二階に上がっていく。なんて間の悪い……と渋い顔になったものの、宿題を放っておいて話をしようとも言えない。

――おでんは下準備も大変だし、煮込みに時間がかかる。その上サラダまで作ったんだし、時間がないのは当たり前よね。

麻有子は、話はまたあとで……と考え、自分も持ち帰り仕事をすることにした。ところが、仕事を終えた時にはもう葵の部屋は真っ暗で、既に眠っている様子。しかも、翌朝起きてみると、すでに葵は出かけたあとだった。

テーブルに残された『先に出かけます』というメモに、麻有子は唖然《あぜん》とした。時刻はまだ七時にもなっていない。こんな時間から学校に行って、葵は何をするつもりだろう。

中学生が早出する大きな理由のひとつに朝練がある。だが、葵が所属しているのは文芸部、朝練なんて聞いたことがなかった。

そもそも葵は、あらゆる部の中で一番拘束時間が少ないという理由で文芸部を選んだのだ。

小学校時代から作文は得意だったが、もしも部としての活動は週に一度、それ以外は自宅で執筆に勤《いそ》しむという活動スタイルでなければ、文芸部に入ることはなかっただろう。それは、早く帰宅して家事をこなしたい葵にとって、大事すぎる要因だったらしい。もちろん、麻有子としてはそこまでして家事をする必要はない、好きな部に入ればいいと言ったのであるが、彼女自身が、自分は書くことが好きだし得意だから、という理由で押し切った。

いざ入部してみたら、部員たちは皆、部員同士で顔をつきあわせてあれこれするよりもひたすら書いていたい人間ばかりだったそうで、週に一度の活動スタイルは堅持されている。唯一の例外は文化祭前の文芸誌作成時期で、このときばかりは連日、校正だのなんだのの作業が続く。

だが、そんなときですら早朝集まることなどなかったし、なにより今年の文化祭はもう終わっている。葵が早くから出かけていく理由が部活にあるとは思えなかった。

他に考えられるのは、補習だったが、こちらも葵には無縁だ。なぜなら、先般茜とおこなったテスト勉強会のおかげか、葵はいつもよりずっと良い成績を収めた。葵が補習を受けなければならないとしたら、学年の七割以上が受講対象者になってしまうだろう。

――もしかしたら、あの話を続けたくなくて？

麻有子にあれこれ訊かれるのが嫌で、早朝、誰も居ない教室で文庫本を開く。そんな葵の姿が頭に浮かんだ。

その情景は、麻有子にとってあまりにも辛いものだった。なぜなら、麻有子自身がそんな中学生だったからだ。

麻有子は中学生時代、テニス部に所属していた。テニスを扱った少女漫画が大人気を博していた時代、部員は一学年に二十人以上で、レギュラーなんて夢のまた夢だったが、練習は真面目にやっていた。レギュラーたちがコートに入る中、ひたすら校庭や外周を走るだけというメニューを淡々とこなしていたのは、偏《ひとえ》に家にいたくなかったからだ。

朝練を理由に、開始時間よりずっと早く家を出て、他の部員が来るのをひたすら待っていた。雨で朝練がないとなったら、他の部員は大喜びしているのに、麻有子だけは暗い顔になった。

雨の日は朝練がないことは家族も知っている。時間があるのだから、と色々な家事を言いつけられるのは苦痛でしかなかった。

ぎりぎりまで布団に潜っていたいのに、正恵が不機嫌になるだろうと思ったら起きるしかなかった。そんな思いまでしてやった家事にすら文句をつけられ、前の晩に吊《つ》り下げたてるてる坊主を睨《にら》む。あんなにお願いしたのに、と……

それほど麻有子は正恵と顔を合わせるのが嫌だった。

昨日、勝村から電話があったと告げたとき、自分は非難がましくなかっただろうか。無意識のうちに、自分に相談してくれなかったことを責めはしなかっただろうか。

あのころの自分と同じ思いを葵がしているとしたらどうしよう。しかも、今の葵は学校で孤立している。学校だって居心地が良いとは言いきれない。

うるさい母親には会いたくない。かといって教室にもいたくない。

町を彷徨《さまよ》っている葵の姿が脳裏に浮かび、麻有子は居ても立ってもいられなくなる。だがすでに葵は出かけてしまった。今、学校に電話をしたところで対応してくれる職員はいないだろうし、麻有子自身、出勤しなければならない時刻が迫っていた。

次の企画展用作品の借り受け準備で猫の手も借りたい時期なのに、昨日は定時で帰宅してしまった。さすがに今日は休むわけにはいかない。わき上がる不安を抑え込み、麻有子は駅への道を急いだ。

一時間後、職場に着いた麻有子は学校に電話をかけた。運良く勝村が出てくれて、葵はちゃんと登校しているとのことだった。葵が学校に着いた時間までは確認しなかった。訊いたところで生徒が何時に登校してきたかまではわからないだろう。

今のところ普通に授業を受けている。心なしか、ほっとしたような顔に見えるが、昨日、話をしてくれたのか、と勝村は訊ねてきた。

ええまあ……なんて曖昧に答えつつも、麻有子は救われる思いだった。

——話を聞くことはできなかったけれど、この先生は葵のことを本当に心配してくれている。少なくとも今、葵は学校にいる。なにかあったら、きっとこの先生が適切な対応をしてくれるだろう。

自分以外に、葵の様子に気を配ってくれる人がいるありがたさを、麻有子はひしひしと感じる。

そしてそのとき、ふいに克美の言葉が頭に浮かんだ。麻有子が最初に同居についての悩みを相談したとき、彼女はこんな言葉を口にした。

『家にもうひとり大人がいるってだけで、いいこともあるのよ』

確かにそのとおりだろう。麻有子は今、素直にそう思った。

正恵は粗探しの名人だ。麻有子にしてみれば、文句ばかり言われて辛かったが、粗探しがうまいというのは、即ち観察眼が鋭いということでもある。

正恵ならば、麻有子が気付かない葵のちょっとした変化も見逃さないはずだ。母の存在は、ただの留守番よりもずっと意味のあるものなのかもしれない。

正恵を受け入れることに、さらに前向きになれたことに安堵し、麻有子はようやくパソコンを立ち上げ、その日の仕事を始めた。

今日は、少し話ができるといいけど……

そう考えつつ帰宅した麻有子は、葵の元気な声に迎えられた。

「お母さん、お帰りー！　おでん、味が染みてすごく美味しくなったよ！」

「あらそう？　でも、昨日だって美味しかったわよ？」

「昨日は美味しかった。でも、今日は『すごく』美味しいの！　もうね、大根とか絶妙！」

「それは素敵。あ、これ、スーパーに寄ったら半額だったから買ってきたわ」

葵の屈託ない笑顔に安心し、麻有子は持っていたスーパーの袋をテーブルに載せた。中身は葵が大好物の刺身。どんなに嫌なことがあっても、これさえあれば笑顔になるというご機嫌アイテムである。黙り込まれては話の接ぎ穂がない。なんとか葵の気持ちを和らげ、口を開いてほしいという一心から買ってきたものだった。

「わー、お刺身だ！」

「マグロとブリの盛り合わせ。あ、イカも入ってるわよ」

「ラッキー！　イカ、食べたかったんだー!!」

じゃあ、おでん温めるね、と葵は鼻歌まじりに台所に行く。

昨夜の食欲不振、そして今日の唐突な早出登校などなかったような明るい笑顔だった。

着替えている間におでんは温まり、ふたりは向かい合って『いただきます』を言う。

「お母さん、玉子いる？」

「ほしい。あら、お味噌《みそ》もあるのね」

「うん。ちゃんと作った。お母さん、味噌ダレ好きだもんね」

「あら？　お母さんより葵のほうが……」

「ばれたかー」

あははーっと、葵は豪快に笑った。

麻有子が生まれ育ったのは東北のとある町で、おでんに味噌ダレを使う習慣はない。けれど、昨今、おでんはコンビニで大々的に売られるようになり、そういったおでんには味噌ダレが添えられることもある。

麻有子はおでんに味噌などつけたことがなかったが、コンビニで好きなだけお持ちくださいと勧められた葵が、辛子やゆず胡椒《こしょう》と一緒に味噌ダレももらってきた。

正直、おでんに味噌なんて……と思ったものの、食べてみると案外美味しい。だが、コンビニの味噌ダレはあまりにも甘過ぎた。これなら自分で作ったほうがいい、と家にあった味噌にみりんと酒と砂糖を入れ、自家製の味噌ダレを作り上げたところ、葵もすっかり気に入ってしまった。以後、森園家のおでんには味噌ダレが添えられることになった。

――そういえば、昨日は味噌ダレがなかったのはどうしてだろう……

作る時間がなかったとは思えない。材料だって揃っていたはずなのに、葵は味噌ダレを作らなかった。いつもなら小鍋でたっぷりの味噌ダレを練り上げるのに……

些細な疑問にまた気持ちを暗くされるのが嫌で、麻有子はその疑問を封じ込めた。

味噌ダレなんてあってもなくてもいい。今日はちゃんと作ってくれたのだし、葵自身がこんなに美味しそうに食べているのだ。なんの問題もない。

　そして麻有子は、買ってきたばかりの刺身のパックを開けた。

　ブリに山葵《わさび》を少しのせ、小皿の醤油《しょうゆ》に浸した瞬間、細かい脂がぱっと散る。脂がのっている証拠だ。眼を細めつつ、口に運ぶと、新鮮な魚のコリコリした感触と、青魚特有の甘みが口の中に広がった。

　葵は葵で、大好物のイカの細作りを二、三本まとめて口に入れ、悦に入っている。行儀は悪いが、いかにも美味しそうで麻有子はつい笑ってしまった。

「葵は本当にイカが好きね」

「そういうお母さんはブリが大好き。喧嘩にならなくていいじゃない」

「あら、お母さんは別にイカが嫌いってわけじゃないわよ？」

「私だってブリは好きだもん」

「じゃあ、たくさん召し上がれ」

「わーい！」

　葵は依然として上機嫌で箸を進めている。

　この様子なら大丈夫、私の顔を見たくないというのはただの杞憂だった……と判断して、麻有子はまずは今朝の早出の理由から訊ねることにした。

「そういえば、今朝、ずいぶん早く出たみたいだけどなにかあったの？」

「あー……ごめんなさい。今日から茜ちゃんと一緒に行くことにしたの」

ちゃんと話せばよかったんだけど時間がなくて、と葵はぺこりと頭を下げた。

「茜ちゃん？　でも、茜ちゃんは部活の朝練があるでしょ？」

「そうなんだけど、ちょっとね……」

葵は面倒くさそうにため息をついた。しばらく黙っていたあと、不意に訊ねてくる。

「お母さんの職場にも、お節介な人っている？」

「うーん……いるといえばいるけど」

「その人が原因でもめ事になったりしたことは？」

「どういうこと？」

「たとえばさ、誰かと誰かが話をしていて、それを聞いた全然関係ない人が口を挟んできて大騒ぎになる、みたいな？」

そう訊いたあと、葵はふっと笑い、自分で質問に答える。

「ないか。そんなドラマみたいな話」

大人になってまでそんなことしないよね、と葵は言う。けれど、そういう大人がまったくいないかと言えばそうではない。誇張されてはいても、実在するからこそドラマにも登場するのだ。

ただ、それを職場でやってしまう人というのは珍しいかもしれない。

「少なくともお母さんの職場にはいないかな。確かに、必要以上のことをする人はいるけど、お節介じゃなくて気が利くって感じ。たぶん、自分に関係のないもめ事を見たら、第三者の視点で意見を言って、うまく収めてくれそう」

「そっか……いいなあ……。部外者にあれこれ言われて、大事になって、挙げ句の果てに悪者扱い。ほんと、疲れちゃう……」

当人同士は仲良くやってるのに……と葵はまた、はあーっとため息をついた。

今の様子を見る限り、これは葵の身に起こったことだろう。

葵ははっきりした性格で、正義感が強い。悪いところはずばりと指摘するし、悪いことをしようとしている人を見たら、それが友だちでも止めるだろう。いやむしろ、友だちならよけいに止める。相手を心配するからこそのおこないだった。

だが、悪いところを指摘された友だちが、葵の気持ちをわかってくれるとは限らない。大人でも自分の至らなさを指摘されたら不快に思う。ましてや相手は子どもなのだ。非を認めずに、指摘した相手を責めたくなっても不思議はない。どうかすると、『きつい子』として仲間はずれにされる危険性があった。

幸い葵はこれまで友だちに恵まれ、そういうトラブルに発展したことはなかった。だが、中学二年生というのはかなり難しい年頃だ。担任の勝村が心配していたように、ちょっとしたきっかけでいじめが始まるのはよくあることだ。相手がリーダー格で、発言力が強ければ強いほどそうなる。

　どういう内容かはわからないが、おそらく葵はどこかで誰かの悪しき行いを目にし、それを制止した。その結果、仲間はずれ、あるいはそれに近い状態に陥っているのだろう。

　喧嘩をしてもすぐ仲直りする男子とは違い、女子の場合、いったんグループから弾き出されてしまえば復帰は難しい。クラス替えまで、ひどい場合は卒業までその状態が続きかねない。

　先日の勝村からの電話も、それも含めてのことだったに違いない。

　いずれにしても、具体的な人間関係がわからなければ対応のしようもない。そこで麻有子は、ストレートに訊ねてみることにした。

「葵、いったい誰と喧嘩したの？」

「喧嘩なんてしてない……と、思ってるのは私たちだけかも。周りはそう取ったみたいだし」

「私たちって？」

「私と茜ちゃん」

「え……あんたたち、喧嘩なんてできるの？」

　葵と茜は一緒にいられるのが不思議なくらい性格が違うが、相手が何を言っても『そういう考え方もあるよね』と言い合える関係だった。しかも昨日今日の仲ではない。小学校以来の親友なのに、今さら喧嘩が起こるとは考えにくかった。昨日の夜、電話だってかかってきていたではないか。

相手にも納得がいかないし、前後の状況もわからないことばかりだ。このままではどうにもならない。話し始めたところを見ると、葵自身聞いてほしい気持ちはあるのだろう。

そして麻有子は、とにかくなんとかしてやりたい、という気持ちが伝わることを願いつつ、葵に訊ねた。

「ごめん。お母さん、さっぱりわからない。嫌じゃなければ、最初から聞かせてくれない？」

「うん……」

そして葵は、事の経緯と今の状況について話し始めた。

事の発端は、三週間ほど前、数学の小テストで撃沈した茜にアドバイスをしたことだったという。

麻有子はふたりの普段の様子から考えて、葵が茜の欠点をずばりと指摘してしまったのだろうと思った。長年の信頼関係に基づいたやりとりであっても、第三者の耳にはきつく聞こえることもある。おそらく、ふたりにしてみればいつものこと、なんとも思っていない会話を拾われ、責められたのだろうと……

けれど、聞いてみるとそうではなく、葵は単に茜に勉強法をアドバイスしただけだった。

茜の数学の成績が伸びない原因は計算ミスにある、と考えた葵は、とにかく計算力をつけるべきだ、と助言したそうだ。

すらすらできるところに戻ってやり直したほうがいい、という葵の助言に従い、茜は小学校で使っていた計算ドリルを持ち出し、繰り返し問題を解いた。部活で疲れてバタンキューとなることが多い茜は、あえて昼休みを使って計算力を上げようとしたらしい。

ところが、その様子を見たクラスの女子が騒ぎ始めたという。

今更なぜ小学校のドリルなんて？　と訊ねられ、茜は『葵ちゃんに言われたの』と答えたそうだ。

「茜ちゃん、『できなくなったところまで戻ってやり直そうと思ったら、小学校まで行っちゃったのよ。私ってほら、馬鹿だから～』とか、言ったんだって。そしたら、それぜーんぶ、私が言ったことになっちゃって、森園さんひどい！　って……」

葵のことをひどいと言ったのは、予想どおりクラスのリーダー格の女子だった。茜が慌てて否定しても聞き入れず、友だちを馬鹿にするなんて！　と大声を出した。何事かと集まってきたクラスメイトたちにも同じ説明を繰り返し、あっという間に葵は悪者にされてしまったそうだ。

「なにそれ……。あんたは全然悪くないじゃない」

「でも、計算ドリルをやれって言ったのは私だし……」

「茜ちゃんはなんとも思ってなかったんでしょ？　しかもあんたが言ったとおりに計算練習をしていたんだし」

「それにしても言い方があるでしょ、あんたじゃないよ、って」

「言ったのは茜ちゃんで、あんたじゃないよね？」

「まあね。でも、仕方ないかな……あの子、私のこと嫌いだし」

件《くだん》のリーダー格の女の子は、以前から葵のことが気に入らなかったらしい。なんでも、もともと国語が得意な子で、テストのたびに模範解答としてその子の答えが読み上げられていたそうだ。

ところが、二年生になって葵と同じクラスになったとたん、その頻度が激減した。それればかりか、文化祭でやった寸劇の脚本まで葵に任された。しかもそれは、担任かつ国語担当である勝村が推薦し、クラスの賛同を得た結果である。そんなこんなで、リーダー格の女子は葵を敵視し、ことあるごとに貶《おとし》めるようになったという。

ただ、具体的にどんなことをされたかについては、葵は語らなかった。思い出すのが嫌なのか、本当に気にしていないのかは定かではないが、とりあえず今、気になるのはそこではない。茜もそのリーダー格の女子に従ったのか否か、である。だとしたら、葵は本当にクラスで孤立していることになる。

だが、麻有子の不安げな質問を葵はきっぱり否定した。

「それは大丈夫。茜ちゃんは、自分が原因で私がこんなことになって困り果ててる。何度もクラスの子たちに説明してくれたけど、やればやるほど『森園さんに無理やり言わされてるんでしょ？』とか……。茜ちゃんは大人しいし、私に引きずられてるように見えるんじゃないかな」

茜が何を言っても、むしろなにか言うたびに葵の立場が悪化していく。しかも、それによって茜自身が苦しむ。そう悟った葵は、茜にしばらく自分と離れているように言ったそうだ。

「もちろん、みんなの前では、ってことだよ。家に帰ったら携帯で話はできるし、SNSでも繋《つな》がってる」

「でも、直接話せないのはつまんなくない？」

電話で話すのと、会って話すのは全然違う。今までずっと仲良くしてきただけに、顔を見て話せないのはさぞや辛いだろうと麻有子は思った。だが、葵はそこでぺろりと舌を出した。

「つまんなくはないんだけど、きりがないの。けっこう時間を取られちゃって、これはよくないって無理やり切ったんだけど、それはそれでストレスなのよね。お料理で発散できるかなと思って、すごく時間がかかるものを作ってみたりしたけど、あんまり集中できてなかったみたい」

とうとうやりきれなくなって、葵は茜に電話をかけたそうだ。茜もずいぶん喜んでくれて、以来、電話でのやりとりが続いていたが、やっぱり顔を見て話したいという気持ちが捨てきれない。

今の時間なら、部活帰りの茜に会えるのではないかと、通学路をうろうろしてみたが会うことはできなかったそうだ。

「もしかして、昨日も？」

「そう……。コンビニに行ったって言ったけど、本当の目的は茜ちゃんに会うことだったの」

校則で学校に携帯電話を持っていくことはできない。だから、部活が終わる時間も学校を出る時間もわからない。あてずっぽうに待っていても会えるわけがない、と諦めて、半ばやけになってアイスを買って帰ってきたらしい。時間がかかったせいで、味噌ダレを作る時間もなくなった、葵は申し訳なさそうに言った。

「でもね、そのあとがすごいんだよ。『待ちぼうけだった～』ってメッセージを送ったら、だったら朝で良いじゃん、って、もう電話で大興奮。夕ご飯の時間だってことも忘れちゃったぐらい」

「あーそれで、あんな時間にかかってきたのね。つい夕飯どきなのに……って思っちゃったわ」

「あ、それ、お母さんに謝っておいてって茜ちゃんが言ってた」

「了解。それで、ふたりで登校することにしたの？」

「うん。茜ちゃんの朝練に合わせて家を出て、途中まで一緒に行くの。クラスで朝練に出ている子は、近所にはあんまりいないし、学校まで一緒に行かなければバレないだろうって」

学校が近づいて、クラスメイトの目につきそうになる前に別れる。その後、茜は朝練に参加し、葵は学校の図書館で自習することにしたそうだ。

葵はちょっと自慢げに言う。

「茜ちゃんとも話せるし、勉強もできる。一石二鳥だよ」

「そうだったの……。じゃあ、昨日あんなに早く寝ちゃったのも？」

「ほんっと、ごめん！　早く寝ないと、起きられないと思って。でも、これでもう大丈夫。心配してくれてる先生には悪いけど、私は本当に平気。むしろせいせいしてるぐらい」

あの子たちに仲間はずれにされたところで痛くもかゆくもない、と葵は言いきった。

葵が名前を出したことで勝村を思い出した麻有子は、わざわざ電話をくれるほど気にかけてくれているのだから、先生に相談してみてはどうか、と提案してみた。ところが葵は、それはしないと言う。

「どうして？　自分で言いづらいなら、お母さんが電話しようか？」

「いいって。今までならともかく、茜ちゃんと一緒に登校して話はできるもん」

今までも、休み時間ぐらいしか一緒にいなかった。それすらも、茜が宿題をやってなかったりしてろくに話をできないときもあった。電話や登校途中のほうがずっと話せるぐらいだ、と葵は言う。

「それに、私はほんとに困ってないの。誰も話しかけてこないから本も読めるし、文芸部の作品だって書き放題。茜ちゃんと喧嘩してるなら辛いけど、他の子なんてどうでもいいわ」

なんて強い……

麻有子はすっかり感心してしまった。自分だったら、とてもじゃないがここまで達観できない。他の子なんてどうでもいい、と言いきる葵は、なにがあってもくよくよと悩むばかりの自分の子とは思えなかった。

「あーでも、また電話がかかってきちゃっても困るし、状況だけは話しておいたほうがいいかも。でもなあ……」

下手に教育的指導とかされたら、よけいに悪化しそうだ、と葵は心配そうに言った。

「先生としては、何もしないのはまずいって思うかも」

「だよね……。今より状況が悪くなっても私は平気だけど、茜ちゃんは気にするよね。それは避けたい」

「そっか……。じゃあどうする？」

「やっぱり今のままでいくかなあ……。それか、先生のところに行って、私がひとりでいるのはひとりでいたいからです、って宣言しちゃうとか？」

状況がどうであれ、本人が傷ついているならそれはいじめだ。逆に、本人さえ気にしていなければ、いじめにはならない。私は平気だから指導も改善も必要ない、と言えば、勝村は納得するのではないか――それが葵の考えだった。

「一理ある……かな」

それしか、答えようがなかった。

葵は、麻有子が思うよりずっとたくましいし、いろいろ考えてもいる。この問題については、下手に手を出さず、本人に任せておくほうがいいのかもしれない。

「わかった。あんたがそう言うなら、この話はこれで終わり。でも、ちょっとでも辛いとかまずいとか思って、今回みたいにいい対策も思い浮かばないようだったらお母さんに話してね」

「了解。何かあったら必ず話す」

「約束よ」

そしてふたりは食事を再開、やっぱりおでんには味噌ダレだよねーと頷き合いながら、鍋の中身をどんどん減らしていった。

「あっ！　忘れてた！」

葵が小さな声を上げたのは、満腹になった麻有子がお茶を淹れようと立ち上がったときだった。

「どうしたの？」

「そういえば、伯母さんから電話があったんだった……」

「伯母さん、何だって？」

「お祖母ちゃんの退院の件で、電話がほしいって。退院する日が決まったみたいだよ」

「あらそう」

「病院に来てほしいみたいなことを言ってたけど、伯母さんは行かないつもりなのかな」

「そんなことはないと思うけど、お祖母ちゃんはうちに来るわけだし、迎えに来てくれって言うのは当然かも」

「え、まさか、病院からうちに直行なの!?」

葵が素《す》っ頓狂《とんきょう》な声を上げた。確かに、言われてみれば変な話である。

これまでずっとあの町から出たことがなかった正恵が、いきなり東京に住むというだけでも大変だ。その上、大した準備もなく、病院からそのままやってくるなんて考えられなかった。

「なんでそんなことになっちゃったの……？」

そこまで急ぐ理由なんてないよね？　と小首を傾げられ、麻有子は状況を説明する。

本当は姉夫婦の不和など子どもに話したくはなかったけれど、この際、やむを得ない。

「お祖母ちゃんのことで、伯母さんと伯父さんが喧嘩みたいになっちゃってるらしいの。それで伯母さんも困っちゃって、なるべく早くこっちに来させたいんじゃないかしら」

「とかなんとか言っちゃって。本当は伯父さんにかこつけた厄介払いだったり……はないか。伯母さんとお祖母ちゃんって仲良しだもんね。ご自慢の娘と孫。うちみたいな出来損ないふたりとは、話が違うよね」

「出来損ないって……」

「だって出来損ないなんでしょ？」

「誰がそんなことを言ったの？」

「剛くん。お祖母ちゃんがいつも言ってるんだって。出来損ないが産んだ子は出来損ないだって。それってお母さんと私のこととしか思えないじゃない」

剛と言えば鈴子の下の息子だ。年端もいかないならまだしも、彼は今年高校受験、葵よりも年上なのだ。それなのに、そんな台詞を当の本人に聞かせるなんて……

麻有子は、怒りのあまり息が詰まりそうだった。

「あの子はいつだって自分勝手で、親のことなんて何にも考えてない。そんな出来損ないが親だったら、祖母を敬う気持ちなんて育つわけがない、って言うんだって。剛くん、『いくら勉強ができたって、人としてダメダメじゃん』って……」

思わずひっぱたきそうになったけど、同じ土俵で戦うのは馬鹿馬鹿しいからやめておいた、と葵は悟りきったような顔で続けた。

「『人としてダメダメ』って思いっきりブーメランだよね」

剛は正恵に費用を出してもらってまで塾に入ったというのに、ちっとも成績が上がっていないらしい。先日見舞いに行ったときも、このままでは志望校合格は無理だ、と鈴子が嘆いていた。

万が一、葵が『人としてダメダメ』だったとしても、成績が良いだけでも剛よりマシだ、と啖呵《たんか》を切りたくなってしまう。もちろん、それこそ同じ土俵の喧嘩でばかばかしさの極みだから、そんなことは言わないけれど……

「いつ言われたの？」

「お祖父ちゃんの法事のとき」

あれだけお祖父ちゃんのこと悪く言うくせに、法事とかはちゃんとやるのは不思議すぎる、と葵は笑う。

葵は、それだけ嫌いなら法事もやらなくていいだろう、と言いたいのだろうけれど、母に限ってそれはない。なぜなら彼女にとって世間体を守ることは何より大事だったからだ。

だからこそ、仏壇や墓の世話を怠らず、法事も欠かさずおこなってきた。麻有子の欠席を許さないのもそのせいだった。

「ごめんね、葵。気分悪かったよね……。やっぱり法事なんて行かなければよかった」

「それはそれでまた文句を言われるじゃない。攻撃材料を増やすことはないよ。何を言われても、はいはいそのとおり、って受け流すしかない」

そこで麻有子は克美の言葉を思い出した。確か彼女は、葵のスルー力は天下一品かもしれないと言っていたが、葵の発言を聞く限り、その推測は当たっていたようだ。

「大人ねえ……葵は」

「相手が何年かに一度ぐらいしか会わない人ならね。でもそれって、お母さんの真似だよ」

「え、そうなの？」

「うん。お祖母ちゃんや伯母さんに対しては。特に、お祖母ちゃんになんて言われ放題、言い返してるところなんて見たことないよ」

今時の『友だち親子』とは全然違う、と葵は苦笑した。

「ああいうのを見てると、確かによけいなことを言わなければ、もめ事にはならないって思う。だから私も見習おうって」

「そっか……」

「でも、よけいなことと必要なことの区別って難しいよね」

自分の意志を通すために必要な言葉はある。それすら言えないのは大問題だが、どこに境目があるかさっぱりわからないと葵は首を傾げた。

「確かに難しいわね。茜ちゃんとのことみたいに、必要だと思って言ったのに、とんでもない騒ぎにされちゃう場合もあるしね」

「あーやだやだ。ま、いいか。茜ちゃんのことはなんとかなってるし……」

そこで葵は、はっとしたように麻有子を見た。

「ごめん、また私の話になっちゃった！」

「気にしない、気にしない。学校や職場じゃないんだから、脱線上等よ」

「だよね。でも、お祖母ちゃんと伯父さんがうまくいってないなら、お祖母ちゃんはもうずっとここにいるってことになるんだよね？」

そこで葵は、極めて心配そうな顔になった。

引っ越してくる理由が、ひとりにしておけない、というだけなら、鈴子との同居という線がないでもない。けれど、そもそもの原因が大輔との不和だとしたら、この先解消される見込みは薄い。

鈴子が夫と別れでもすれば話は別だが、その可能性は低い。

鈴子は先般の宣言どおり、あちこちのパート募集に応募しているものの、採用通知を受け取ったという話は聞かない。いくら姉でも、一度も働いたことがない五十代女性が職を得る難しさを知れば、離婚という選択はしないはずだ。結局、麻有子が引き受けざるを得ないのだ。

「親の介護は実子の義務。それなのに大輔伯父さんにまで迷惑をかけちゃった。お母さんには旦那《だんな》さんはいないから平気だし、今までお祖母ちゃんのことを伯母さんに任せきりにしてたんだから、ここから先は、お母さんの分担ってことなんだと思う」

麻有子の説明に、葵は大きなため息を返した。

「伯母さん、勝手だよね。これまで散々お祖母ちゃんのこと利用してきたくせに」

吐き捨てるように言ったあと、葵は真っ直ぐに麻有子を見た。

「あの人たち、お祖母ちゃんのおかげで暮らせてきたみたいなものじゃない。そりゃ、伯父さんはお金をちゃんと稼いできただろうけど、伯母さんは財布に穴が開いてるみたいな人だし、家事だって私のほうがマシなぐらい。きっと俊太くんも剛くんも、ずーっとお祖母ちゃんが面倒見てきたんだよ。しかも甘々」

「甘々？　甘やかしてたって意味？」

「もちろん。おもちゃもいっぱい持ってたし、俊太くんたちは『全部お祖母ちゃんが買ってくれた』って威張ってた。それに、お祖母ちゃんの家にいるときも、自分の家みたいに遠慮なしだったじゃない」

そう言われればそうだ。あのふたりは、ほしいおもちゃは何でも買ってもらっていたし、お菓子やジュースも勝手に出して飲み食いしていた。きっと、幼いころからそれが許されていたのだろう。

「でも、お祖母ちゃんもかわいそうだよね。利用するだけして、病気になったらポイ。そう考えたら、ちょっとは我慢できる気がするよ。どうせ、日中は学校だから顔なんて合わせないし、年寄りは夜も早く寝ちゃうでしょ」

そして葵はいささか諦めたような笑みを浮かべた。どうやら彼女は、同居を断れそうにない麻有子の心情を理解してくれたらしい。

「それでも、病院からそのままじゃお祖母ちゃんもちょっとかわいそう。仕事が忙しいとかかんとか理由を付けて、二、三日引き延ばしてあげなよ」

その間に、荷物とか気持ちの整理もできるんじゃない？　と葵は正恵の立場を考えた意見を言った。呼びつけられる側の気持ちばかりで、母の気持ちを慮らなかった自分とは大違いだった。

その上、これで出張に出られる、というのもあまりにも自分の都合だけ、祖母とふたりで残される葵の気持ちなんてまったく考えていないのだ。

そんな自分にかなりの後ろめたさを覚えていると、葵が唐突に言った。

「あ、でも、お母さん。一緒に住むとしたら、もうちょっとお祖母ちゃんに言い返してもいいような気がするよ。言われっぱなしはストレスが溜まるだろうし」

葵は、麻有子が淹《い》れたお茶をふうふう吹いて冷ましている。さらりと口にした言葉に、麻有子への思い遣りが溢れていた。母ばかりか麻有子の気持ちまで考えてくれる葵に、心を温められる。それと同時に、葵の認識の程度を知る。

言い返したところを見たことがない以上、言い返した結果どうなるかも知らない。もちろん、なぜそうなっているかも知らない。だからこそ、こんな発言をする。

これまで葵に、正恵との具体的な経緯を語ることはなかった。自分の『母』という存在への思いは、他の人間とは違う。もしかしたら、人として間違っているかもしれないと考え、必死に隠してきたのである。だが、一つ屋根の下に住むとしたら、このまま隠し通せるだろうか。

もしも、麻有子が正恵に対して抱いている本当の気持ちを知ったら、葵は呆れ果てるかもしれない。育ててくれた親をそんなふうに思うなんてあり得ない、と言うかもしれない。

できれば隠し通したい。けれど、日々わき起こるだろう黒い思いを、抑え続けることができるのだろうか。それは、麻有子と葵の信頼関係を左右しかねない、大きな問題である。

正恵がやって来る日が近づくにつれ、麻有子の不安はふくれあがる一方だった。

第三章　母との暮らし

正恵の退院は当初、十二月二十八日、明日から病院が正月休みに入るという日になっていた。

ところが麻有子はその日、仕事を休めなかった。葵は仕事を口実にすることを提案してきたが、実際に麻有子は展示替えを控え、何日も続けて休むわけにはいかない状況だったのだ。

目処《めど》が立ち次第迎えに行くから、その間に正恵の引っ越し準備をしておいてほしい、と頼んだところ、鈴子は文句たらたらだった。

日中はともかく、夜はひとりにできない。大輔がいる家に呼ぶわけにいかないから、自分が泊まり込むしかない。家族の世話はどうしてくれるのだ、と言うのだ。

家族の世話といっても、父親の大輔は家にいるし、子どもにしても葵より年上だ。一日中世話をしなければならない幼児とはわけが違う。なにより三人とも日中は仕事や学校に出かけているではないか。しかも、敷地内同居なのだから、二軒を行ったり来たりすることぐらいできるはずだ。そこまで文句を言わなくても、と思ってしまう。

それでも鈴子は、毎日のように電話をしてきては病人の世話が大変だと繰り返す。挙げ句の果てに病院に泣きつき、既に決まっていた退院日を繰り延べまでしたのだ。

鈴子はどうあっても正恵の面倒をみたくないらしく、麻有子が来ない限り退院はさせないと言い張る。病院は当然、これ以上延ばすことはできないと言うし、にっちもさっちもいかなくなった麻有子はとうとう正恵を迎えに行かざるを得なくなった。それが一月二日のことである。

二日なら正月休みで安代美術館も休館、たとえあちらで一泊しても、四日の仕事始めには間に合うから、麻有子にとっては都合がいい。よく三が日の退院が認められたと思うが、この機会を逃せばさらに入院を延ばされかねない。とにかく早く病室を空けてほしい、というのが病院の本音だろうと麻有子は思っていた。

迎えに行くにあたって葵にどうするか訊《たず》ねたところ、一緒に行くという。

「大丈夫？　なんなら日帰りするけど？」

「ひとりならまだしも、お祖母ちゃんを連れてくるのに日帰りはきついよ。まだ冬休みだから遅刻することはないし、ひとりで留守番ぐらいできる、って言ってもお母さんは心配するでしょ？」

「そりゃそうでしょ。でも宿題とか……」

「とっくに済ませたよ。お祖母ちゃんがお年玉なんて笑えない冗談だけど、旅行だと思えばいいよね。もう行く機会もないかもしれないし」

最後になるかもしれないから、ゆっくり見ておいたほうがいいのではないか、と葵は言う。

葵があの家に行ったのは数えるほどだ。特に深い思い入れがあるわけでもないだろうに、と首を傾げる麻有子に、葵は小さく笑った。

「私じゃなくて、お母さんのこと。生まれ育った家でしょ？」

「そりゃそうだけど、そもそも今、お祖母ちゃんが住んでいるのは、伯母《おば》さんたちが建てた家。お母さんが育った家じゃないし……」

「『思い出の品』とか置いてあるんじゃないの？　伯母さん、お祖母ちゃんがいなくなったらあの家も好き勝手しそう。どうなるかわかったもんじゃないよ。大事なものがあるなら、持ってきちゃったほうがよくない？」

葵は、お母さんの成績表とか探してみようかな、今の私とどっちがいいかな、なんて、面白がっているが、麻有子にしてみればあり得ない話だった。

いいも悪いも、成績表なんて絶対に残っていない。家を出るときに必要な物はすべて持って出たし、残っていたとしてもとっくに正恵が処分したに決まっている。

小学校から中学、高校にかけて麻有子は学業ばかりでなく、芸術や運動分野でも頑張った。おかげで表彰もたくさん受けたけれど、トロフィーや賞状はすべて押し入れの奥にしまわれ、飾られることなどなかった。なぜなら、鈴子がそういった表彰を受けたことはなかったからだ。

『お姉ちゃんがかわいそうでしょ』

そんな一言で、麻有子の努力の成果はなかったことにされたのである。

賞状やトロフィーそのものに意味などない。成果を認め、喜んでくれる人がいない限り、ただの『もの』だ。麻有子はそう考え、家を出る際、それらが入っていた押し入れを開けることはしなかった。もしかしたら、既に処分されていることを確認したくなかったのかもしれない。

今、あの家にあるのは捨てたい思い出ばかりだ。だが、そんなことを娘に伝える必要はない。

麻有子は、そうかもしれないね、なんて軽く応《こた》え、ふたり分の新幹線の往復と正恵の片道切符を手配した。もしかしたら満席かもしれない。それならもっと迎えに行くのを遅らせられる。そんな期待と裏腹に、切符はあっけなく取れた。一月二日に移動する人間はそんなにいなかったのだろう。

実際問題、これ以上病院に迷惑をかけるわけにはいかない。ＷＥＢサイトで新幹線の空席をチェックしながら、ため息が止まらない麻有子だった。

移動中、正恵は物静かだった。

荷物は先に送ってしまったから、持っているのは二、三日分の着替えとわずかな身の回りのもの、そして大量の薬だった。

薬袋の大きさに驚いたものの、すぐに正恵が薬の袋を鞄《かばん》の奥底に突っ込んでしまったため、どんな薬を飲んでいるかはわからなかった。

「新しい病院に行くまで時間がかかるかもしれないから、薬も多めにもらっておいたの。苦労ばっかりしてきたし、この年になったらどこも悪くないほうがおかしいでしょう。悪いところがたくさんあれば薬も増えるわ」

正恵は、あなたみたいに若い人にはわからないでしょうね、とため息をつく。

かつては正恵のこんな物言いにも馴《な》れていたが、離れて暮らすようになって二十年近くになる。これから毎日こうやって皮肉や嫌みに付き合わなければならないのかと思っただけで、気分がどんより落ち込んだ。

さらに正恵は言う。

「あなたはいいわよね。これから子どもが生まれるっていうのにさっさと離婚して、そのあとずっと気楽に暮らして。子どものことを思ったら私には離婚なんてできなかったけど」

いいからもう黙って！

そう叫べればどんなによかっただろう。

けれど、子どものころですら言えなかった台詞《せりふ》が、今言えるわけがない。物心ついて以来、正恵は麻有子にとって常に脅威だった。叱られないよう、怒らせないよう、言動を慎む癖が身体に染みついているのだ。

――この人を怒らせたらどうなるかわからない。この人にとって私はただ目障りなだけ。憎まれ口なんてきいた日には、口をきいてもらえないどころか、家を追い出されかねない。なんせ私はお父さんにそっくりなんだから……

改めて麻有子は、自分が過去の呪縛から逃れていないことを確認する。まるで炙《あぶ》り出しのように、記憶が浮かび上がった。


『麻有子はお父さんと瓜《うり》ふたつ。厳しく躾《しつ》けなければ、同じような人間になってしまう』

それは正恵が麻有子に、そして鈴子にまで繰り返し聞かせた言葉だった。

幼いころから正恵そっくりだった鈴子と異なり、麻有子は姿形から考え方までなにひとつ正恵に似たところがなかった。

正恵にしてみれば、自分に似ているかどうかよりも、夫に似ていることが許せなかったのだろう。なんせ彼女の夫、つまり麻有子と鈴子の父親は女遊びが激しく、収入の大半をスナックやバーにつぎ込んだ。時には、収入の範囲に留まらず、カードローンに手を出すこともあり、その度正恵が慌てて清算に走っていた。

離婚を選ばなかったのは偏《ひとえ》にプライドのなせる業だろう。夫が女遊びをする、すなわち妻に不満があった、と取られるのが嫌さに、正恵は耐え続けたに違いない。

父は子どもの目からみても容姿の整った人で、美人の誉れ高かった母とはお似合いと評判だった。

それなりに稼ぎもあったし、ちょっと見ただけでは借金までして女遊びをしていることなどわからない。鈴子と麻有子を除いて、正恵と父が仮面夫婦のようになっていることに気付いたものはいなかったはずだ。

それぐらい、正恵は体面を保つことに必死になっていた。父が死病にかかっていると知ったときの母の笑みは忘れられない。

きっと麻有子が見ているなんて思いもしなかったのだろう。普段化粧に使っていた小さな三面鏡の前で、正恵はにんまりと笑ったのだ。まるで、おとぎ話に出てくる悪い魔女のような笑みだった。

父の入院中、正恵は献身的な介護をしていた。だがそれは、真に父を案じてではない。きっとそれも、『よくできた妻』を演じていただけだ。

『こんなに肌のきれいな患者さんは見たことがない。お仕事もあるのに、本当によくやっていますね』

父が入院していた当時、母はよくそんなふうに看護師に褒められていた。完全看護だったにもかかわらず、母は病院に行くたびに熱い湯でタオルを絞って父の身体を拭《ふ》いたり、マッサージをしたりしていた。だが、きつい痛み止めを使い出し、意識が薄れだしたとたん、母は父の世話を放棄した。

既に自分は『よき妻』という看板を得た。多少足が病室から遠のいても看病疲れ、仕事がにっちもさっちもいかなくなった、などなど理由はいくらでもつけられる。それまで献身的だっただけに、聞いた人もかわいそうな妻と判断してくれる。母はきっとそんなふうに考えたのだろう。もしも、母が本心から父のことを案じていたらあり得ない振る舞いだった。

父は、診断を受けてから一年も経たないうちに彼岸の人となった。四十代後半という若さが、病に勢いを与えてしまったらしい。

父が保険に入っていたため、家のローンはその時点でなくなり、母は死亡保険金を受けとった。しかも、父の所得自体はかなりなものだったせいで、かけていた死亡保険も大きく、億に届きそうな額だったという。

しばらくして母は、仕事を辞めた。

母はずっと正社員として働いていたが、父が放蕩《ほうとう》し始めて以後、給料の大半は生活費に消えることになった。少しずつは貯金もしていたそうだが、貯まったかと思うと父の借金が発覚、返済に回されて消える、という繰り返しだったらしい。ところが、父は身体に気を遣う人ではなく、気がついたときには病が進み、すぐさま入院という状態で、当然遊ぶ金は必要ないし、借金をすることもなくなった。

父の保険金、自分自身の退職金とで今後の見通しがたった母は、もうこれ以上働く必要はないと考えたのだろう。加えて、仮面夫婦を演じる必要もなくなった。

要するに父の死は母にとって都合のいいことばかり、亡くして惜しい人なんかじゃなかった。もしも父の死因が病気でなければ、犯人は母ではないかと疑いたくなるような状況だった。

死んでも惜しくないどころか、死んでくれてありがとう、と言いたくなる夫。冷静に考えれば、その夫にそっくりな娘を愛おしめというのは無理な話なのかもしれない。

新聞を開けば毎日どこかに虐待のニュースが載せられている。学校を出るまで面倒を見てもらえただけでもありがたいと思うべきだ。

親としてなすべきことはちゃんとした。おまけに、放蕩者だった父親のようにならないために、ありとあらゆる矯正《きょうせい》を施した。今の麻有子があるのは正恵による教育のおかげ――

母本人、そして鈴子はいつもそんなふうに講釈を垂れる。

確かにそれは事実なのかもしれない。けれど、麻有子自身はそれについて感謝する気持ちにはなれない。

人として立派じゃなくてもいい、多少ルーズでも笑いが絶えない家庭に育ちたかった。普通の家庭、たとえば級友の誰かの家のように、くつろげる家庭に育ったならば、麻有子の性格はもっと違ったものになっていただろう。

何をしても叱られ続けたせいで自己評価が低い。失敗を恐れるあまり、執拗《しつよう》なほど確認を繰り返し、自分ばかりか他人の仕事にまで目を光らせてしまう。はっきり指摘して改善を促すならともかく、ただ見ているだけなので相手に無駄な不安と緊張を与える。

それが、麻有子が考える自分像だった。

こんな人間と一緒にいても楽しくない。元夫が浮気に走ったのもそのせいだ。現に彼自身から、いつも見張られているようで落ち着かない、家に居ても休まらない、と言われた。だから浮気に走ってしまった、と……

さすがにそれは言い訳が過ぎるとは思ったが、それで元夫が浮気をしたという事実が消えるわけはない。

いずれにしても、麻有子と正恵は夫の女癖に悩まされた者同士ということになる。父親の悪行を見て育ち、その結果、母親との関係まで歪《ゆが》んでしまったというのに、同じような男と結婚してしまうなんて頭が悪すぎる。どうせ徹底的に矯正するなら、そういう男を見分ける眼も育ててほしかった。もっとも、正恵自身に鑑識眼が備わっていなかった以上、娘に伝えろというのは至難の業かもしれないけれど……

そこまで考えたとき、こちらを見ている正恵と目が合った。

「ごめんなさい。今、お茶を……」

鈴子は、寝間着や肌着、洗面道具といった当日使うものが入った正恵の荷物を、当たり前のように麻有子に差し出し、正恵は手を出そうともしなかった。

麻有子は実家に着くなり、正恵の家を片付けさせられた。鈴子が、あんたは若いんだから体力がある、という理由で、俊太が勉強するスペースを作るように言いつけたのだ。使うのは俊太なのだから、本人にやらせればいい。そのほうが、本人の使い勝手が良いようにできるのに、という考えは、鈴子の頭にはなかった。

『俊太は今が一番大事なときなの。片付けなんかに使う時間はないわ』

それなら母親である鈴子がやればいい――だが、そんな言葉は口にするだけ無駄。姉と母にとって麻有子は常に労働力でしかない。目の前にいるのに使わない手はないのだ。

言い争う気力もなく、麻有子は黙々と甥《おい》の勉強部屋を整えた。せっせと葵が手伝ってくれたにしても大変な作業で、ようやく床に就けたのは日付が変わったころ。そして、翌日昼前には東京に戻る新幹線に乗った。その切符しか取れなかったのは本当にラッキーだった。長居すればするほど、言いつけられる仕事が増え、へとへとになっていたに違いない。

自分の荷物の上に正恵の荷物まで持たされ、道中は道中で、正恵に文句を言われるのではないかと気が気ではなかった。

正恵は新幹線どころか電車にだって滅多に乗らないし、座席の固さや狭さが気になるかもしれない。昼食用に買った駅弁だって、難癖をつけようと思えばいくらでもできた。麻有子自身、煮物の味は濃いし、からからに乾いた西京焼きの鮭には辟易《へきえき》した。すべてを、それを選んだ麻有子のせいにして文句を言うのは簡単だったはずだ。

にもかかわらず、正恵は何も言わなかった。その沈黙は不安と邪推を呼び、東京に着くころには麻有子は疲労困憊《こんぱい》だったのだ。

それでも、母に黙って見つめられれば動かざるを得なかった。麻有子が何をしても気に入らないことに変わりはない。それでも、言われる前に動いたほうが文句の数は少ない、ということは経験上わかっていた。

重い身体に鞭《むち》を打ち、腰を上げようとしたところに、二階から葵が戻ってきた。

麻有子が借りている家は、一階にリビングを兼ねたダイニングキッチンと続き間になった和室、二階に六畳の和室ふたつと四畳半の洋室がある。

麻有子と葵の暮らしは夜が遅いから、食事と入浴を済ませれば、すでに正恵は床に就く時間になっている。テレビをゆっくり見たいと思っても、隣に寝ている人がいては無理だろうし、勉強や持ち帰り仕事の合間に飲み物を取りに来るのだって気を遣うことになる。

その事実に気付いた麻有子が葵に相談したところ、彼女はちょっと考えたあと、さらりと言った。

二階の和室の片方は目下、使わない衣類やもらい物の箱が積んであるが、それらを片付ければ十分使える。何より、麻有子が使っている部屋とは襖《ふすま》で仕切られているだけの造りである。

昼間はリビングや隣の和室にいて、夜は二階の六畳間で寝る、というスタイルがいいのではないか、というのが葵の提案だった。

それでは結局、正恵の部屋がふたつあるようなものだとは思ったものの、麻有子や葵が上に寝ていて、正恵が階下、となれば、夜間や早朝の異変に対応できなくなる。それではなんのために同居するのかわからない。

台所はもちろん、トイレも風呂《ふろ》も一階にあるし、日中、宅配便などが来たときも、二階から下りてくるのは大変。結局、葵の言うようにするのが、一番メリットが大きい、ということで、正恵の寝室は二階に決まった。

「鞄、置いてきたよ。布団も敷いてきたから、疲れてるようなら横になってね」

正恵にそう言ったあと、葵は麻有子に他にすることはないかと訊ねた。

「ありがとう。今はいいわ。あんたも少し休みなさい。今、お茶を……」

立ち上がった麻有子を見て、葵が言った。

「私がする。お母さんこそ、もうちょっと休みなよ」

そして葵は、正恵に飲み物を訊ねる。

「お祖母ちゃん、お茶とコーヒー、どっちがいい？　あ、紅茶もあるけど……」

「紅茶。コーヒーは眠れなくなるし」

「え、紅茶のほうが眠れなくなるって聞いたけど、そうじゃないの？」

「紅茶はカフェインが多いから眠れなくなるってよく言われるけど、コーヒーや煎茶のほうがカフェインの吸収率が高いんですって」

「そうなんだー。よく知ってるね、お祖母ちゃん」

そう言って感心したあと、葵は薬缶《やかん》に水を入れ始めた。帰るなり、湯沸かしポットのスイッチを入れたからお湯はあるはずなのに……と疑問に思っていると、正恵が驚いたように言う。

「ちゃんとしてるのね……」

紅茶は汲《く》みたての水じゃないとね、と満足そうにしている。ところが、珍しいこともあるものだ、と思った瞬間、よけいな一言が飛び出した。

「さすが女の子ね」

正恵は褒めたつもりだろうけれど、紅茶の淹《い》れ方を知っていることに、男も女もない。あまりにも前時代的な感覚だ。しかも、そのあとに続いた言葉が最悪だった。

「俊太や剛は、紅茶はもちろん、普通のお茶の淹れ方だって知らないわ。鈴子の世話が行き届いているから、自分でお茶を淹れる必要なんてないんだもの。その点、葵はなんでも自分でやらなきゃならないものね。どうせ麻有子はお茶なんて淹れてくれないんでしょ？」

世話が行き届かなくてすみませんでしたね！

そんなふうに言い放てたらどんなにすっきりすることだろう。けれど、言えるはずがない。麻有子はまたひとつため息を重ねる。ところが、葵は何食わぬ顔で答える。

「え、どうして？　お茶の淹れ方なんて、学校でやるじゃない」

「学校で？」

「そうだよ。家庭科の時間にちゃんと習うし、テストにだって出るよ」

「ああ、家庭科。それなら俊太や剛はやらない。あの子たちは技術……」

「お祖母ちゃん、今は男子も家庭科があるんだよ。だから、もしお茶の淹れ方を知らないとしたら、それは俊太くんたちが授業中にちゃんと聞いてなかったってこと」

「あ、あら、そうなの？」

「そうだよ。あ、それとも、家庭科は副教科だから受験には関係ないってことで、さぼってたとか？　だとしたらもったいないね」

数学でも家庭科でも五は五。内申点を稼ぐには副教科を頑張るのがお得なんだけど……とひとり言のような口調で言った。

「あの子たちはそんな小ずるいことは考えないのよ」

「ふーん……」

副教科だからと手を抜くほうがずっと小ずるい。なにより、学校で習うことがちゃんと身についていないというのは、授業に集中していない証拠だ。

おそらく俊太も剛も、そんなことだから成績が奮わないのだ。基本中の基本である授業を蔑《ないがし》ろにしていては、いくら塾に通ったところで成績が上がるわけがない。正恵や鈴子は葵を指して『勉強ばっかり』みたいなことを言うが、俊太や剛はそれ以前の問題だった。

葵が、唇の端だけで薄く笑った。おそらく麻有子と同じことを感じたのだろう。

それ以上何も言わず、葵はポットのお湯をティーポットとカップに注ぐ。ポットが温まったのを見計らってお湯を捨て、スプーン三杯の茶葉を入れたところで、薬缶がピーッと高い音を立てた。

思わず、お見事、と言いたくなるようなタイミングだった。

麻有子ですらここまで丁寧にはやらない。そんな感心するほど正しい方法で紅茶を淹れ、葵は正恵の前に、静かにティーカップを置いた。さらに、スティックシュガーとポーションミルクを添える。

「ごめんなさい。レモンはないの。もしもレモンティーが好きなら、あとで買いに行ってくる」

そこまで言われれば、さすがの正恵も文句の言い様がない。我が子ながら、よくやった、と褒めてやりたい気持ちで一杯になりながら、麻有子は紅茶にたっぷりの砂糖を入れる。

――葵は私の味方、しかも母の扱いがうまい。この子がいればなんとかやっていけそうだ……

葵の母への対応と熱くて甘い紅茶が、麻有子のささくれ立った心をほんの少し軟らかくしてくれた。

一休みしながら夕食をどうするか相談したところ、正恵は寿司《すし》が食べたいと言った。麻有子や葵にとっての『寿司』は、一皿百円の回転寿司なのだが、正恵がそれで満足するとは思えない。かといって、気軽に出入りできるような寿司屋は知らない。結局、葵がインターネットで探し出した出前専門店を利用することにしたのだが、正恵は異議を唱えなかった。

　葵にいくつか寿司を譲ったから、美味《おい》しくなかったのかと思ったらそうではなく、もうお腹がいっぱいだと言う。出前の寿司は、客の満足を引き出すためにシャリが大きめに握られているにしても、寿司の目玉と言うべきウニや大トロを譲るのはおかしい。しかもそれらは昔から正恵の大好物だったのに……

　郷里からここまで移動する間、ものすごく疲れた様子は見られない。心配していた麻《ま》痺《ひ》もリハビリが功を奏して、目に見えて不自由と言うこともなさそうだ。それなのに言葉数は少ないし、文句を言うこともない……いや、少ない。あまりにもこれまでと違い、麻有子の戸惑いは止まらなかった。

　夕食のあと、入浴を済ませた正恵は早々と床に就いた。おそらく午後十時にもなっていなかっただろう。

　正恵が二階に上がって十数分後、足りないものがあるのではないか、と気になって見にいったところ、すでに彼女は寝息を立てていた。いや、正確には寝息ではない。それは鼾《いびき》と呼ぶべきもので、リビングに戻った麻有子は苦笑いで葵に言った。

「もう寝てたわ」

「なんだ、枕が変わって眠れなくなるって言い出すんじゃないかと思ってたけど、案外大丈夫そうだね。ってことは、言うほど繊細じゃないってことだよね」

「それはどうかしら。あれほど色々なことに気がつく人だから、やっぱり繊細なのかもしれないわ。繊細って言うより神経質って言いたいところだけど」

「うん。そっちのほうがあたってる。繊細な人なら、相手の気持ちだって考えるから、あんなふうに文句ばっかり言わないよ。あの人の神経質……っていうより無神経？」

くくく……と葵は忍び笑いを漏らした。

確かに、葵の言うとおりだろう。そもそも本当に『繊細』な人ならば、様子を見るために襖を開けただけで目を覚ましかねない。それなのに、正恵は床に入って十分やそこら、しかも高鼾で寝ているのだ。神経質ではなく無神経だと言いたくなる気持ちはよくわかった。

葵は、正恵が使った湯飲みを片付けながら言う。

「あ、でも、やっぱり疲れたのかもね。ただ新幹線で移動しただけっていっても、お祖母ちゃんの年を考えたら大変だったでしょ。特に、普段からあんまり外出しない人なんだから」

鼾にしても疲れたあまり、一時的なものかもしれない、と葵は言う。

麻有子はつくづく、葵が相手の立場に立って考えられる子に育ってくれたことを嬉《うれ》しく思う。それと同時に、葵のように寛容に対処できない自分が情けなくてならなかった。

× × ×

正恵が来てからも、葵の日常は変わらなかった。

朝起きると、予約で洗い上がった洗濯物を干し、朝食をとって出て行く。

わずかに変わったのは朝食で、これまでは麻有子が作ったものを食べていっていたが、今は自分で作るようになった。茜と一緒に行くために時間が早くなり、麻有子に負担がかかるのを心配してのことだった。

『私は勝手に食べていくから、お母さんはお祖母ちゃんの分をお願い』

それなら作業量は今までと同じでしょ、と葵は言う。娘の食事を作るのと、正恵のそれとでは気分が全然違うのだが、さすがにそうは言えなかった。

さらに正恵が、いくら何でも葵が受け持つ家事が多すぎるのでは？　と疑問を呈したときも、葵はものともしなかった。それどころか、実に巧みに反論したのだ。

『お祖母ちゃん、私のことを心配してくれてるんだね。ほんとにありがとう！　でも大丈夫、朝ご飯なんて大した手間じゃないし、私だっていつかは家を出るかもしれないんだよ？　できるだけ自分のことは自分でする練習をしておかなきゃ。お祖母ちゃんだって、お母さんにそうさせてたんじゃないの？』

これには正恵もぐうの音も出なかったとみえて、以後、正恵が家事分担について口を挟むことはなくなった。その代わりに、葵が学校から帰ってくるまでに、掃除や洗濯物の後始末、庭の手入れなどをやっておいてくれるようになった。これは家事の比重が料理に傾きがちな麻有子と葵にとって、とてもありがたいことだった。

もともと麻有子は、正恵に厳しく仕込まれたせいで、かなりのきれい好きである。けれど、とにかく時間が足りなくて、ついつい掃除関係を疎《おろそ》かにしてきた。

週末にざっと掃除機をかけるのが関の山、間違っても埃《ほこり》ひとつない部屋とは言いがたいし、窓ガラスなんてもうずいぶん長い間拭いていない。サッシの溝だって汚れ放題である。そして、掃除が行き届いていないこと自体に、少なからずストレスを感じていたのである。

洗濯についても同様だった。日中ふたりとも留守にするため、寝具などの室内干しできない大物は休みにならないと洗えない。それすらも、天気が悪ければ次回送りになるし、手洗いが必要なおしゃれ着などはもっと後回し。それならそれでクリーニングに出してしまえばいいのに、『家で洗える』が売りの衣類をクリーニングに出すのはなんだか負けたような気になって、結局放置することになる。そんな調子で、麻有子の頭には常に『あそこを掃除しなければ』とか『あれを洗わなければ』という思いがあった。

庭についても言わずもがなだ。向日葵《ひまわり》を育てたくて庭付きの家に引っ越したというのに、肝心の向日葵は毎年種まきこそするものの、世話はなおざり。ひょろひょろと背ばかり高い向日葵になっていたし、向日葵の季節が終わってしまえば草取りすらできなかった。

ところが、そんな悩みを解消してくれたのが正恵だった。

正恵は麻有子に輪をかけたきれい好きで、麻有子の家に来た翌日から掃除を始めた。窓ガラスもサッシの溝も、食器棚やタンス、本棚の脇や上……とにかく目に入る限りの塵《ちり》や埃はすべて消え失せた。

朝から晴天が広がった日など、何度も洗濯機を回し、小さな庭いっぱいにシーツばかりか布団そのものまで干してくれる。庭にしても、毎日少しずつ草取りをしてくれたのか、気付いたときにはすっかりきれいになっていた。

後ろめたさを感じるものの、日に干された寝具は布団乾燥機をかけたときとは異なり、ぱりっと乾いている上にほっとするような匂いがして、疲れが溶けていくような気がした。

鈴子に知られれば、病人にそんなことをさせるなんて、と眉《まゆ》をひそめられそうだが、正恵本人は自分の仕事が見つかったとばかりに大喜びだ。もしかしたらその底には、不出来な娘への再教育、という目的があったのかもしれない。とにかく、正恵が家を快適にしてくれることに間違いはない。

正恵が文句を言う機会は激減した。たまにあったとしても、それはかつてのマシンガンのような攻撃ではなく、精度の悪いリボルバー、ひとり言なのか文句なのかも判断できない有様だった。

だが、文句を言われなくなったことで安心できたかというとそうではない。人間なんてそう変わるものではない。今はこの家に来たばかりで言動を控えているが、いつまたマシンガンを振り回し始めるかわからない。

こんな日々がずっと続くとは思えない。かつての母も今目の前にいる母も結局は同じ人間だ。危険は常にそこにある——

そんな思いが頭を去らず、警戒心を解くことができない麻有子だった。

正恵の病院の予約が取れたのは、彼女が来てから三週間後、一月二十二日のことだった。

鵜飼総合病院はこの町では指折りの病院だったため、受診したがる患者も多く、長いときは二ヶ月以上待つこともあるらしい。一ヶ月経たないうちに診てもらえたのは、やはり紹介状の効力だろう。

麻有子は当然、母に同行すべきだと思っていたし、予約日に合わせて休みも取った。けれど、いざ当日になってみたら、麻有子自身が体調を崩してしまった。熱はなかったがとにかく頭痛がひどく、車の運転はできそうにない。

それでも、正恵の予約時間はどんどん迫ってくる。強めの鎮痛剤でごまかしてタクシーで行くしかない、と覚悟を決めたところで、正恵がひとりで行くと言い出した。どうせタクシーを使うなら、麻有子はいなくても大丈夫だと言うのだ。

「そんなことできるわけがないでしょ？　もう休みも取ったんだし、一緒に行くわよ。熱も節々の痛みもないからインフルエンザじゃないと思う。きっといつもの偏頭痛よ」

「だとしたらよけい行かなくてもいいわ。予約していてもそのとおりにいくとは限らないし、ふたりして待っているのは時間の無駄よ。あなたは小さいころから頭痛持ちだったけど、薬なんてろくに効かなかったじゃない」

「でもきっと、今後のこととか説明があるだろうし……」

「子どもじゃあるまいし、自分で聞けるわよ」

そう言うと、正恵は用意を済ませ、さっさと出かけていった。

もしかしたら、母は通院に慣れているのだろうか……と考えてみたが、そもそも脳梗《こう》塞《そく》の発作を起こすまで、母の健康状態など気にしたことがなかった。家を出るまではちょくちょく風邪を引いていたような記憶はあるが、それ以後、どんな病気にかかったのかは知らない。

さすがに同居している親の病歴も知らないのは……と思っていたところに、携帯電話に鈴子からのメッセージが届いた。言うまでもなく、受診について訊ねるものだった。

頭痛はひどく、文字を打つのすら難しい。それでも、あとで母をひとりで行かせたことがわかったら何を言われるかわかったものではない。やむなく麻有子は、居間のソファに横たわったまま、姉に電話をかけた。

頭痛を起こして一緒に行けなかったという麻有子に、鈴子は存外寛容だった。

「あー……頭痛ね。それは仕方ないわ。あんたは頭痛が起きると本当に何もできなくなっちゃうし、そんな状態で運転して何かあったら大変だもの」

「ごめんなさい。一緒に行くつもりで休みも取ったんだけど」

「そんな様子じゃ仕事になんてならないわ。休みでよかったのよ。それで、お母さんのことなんだけど……」

妹が運転できないほどの頭痛を起こしているというのに、姉は電話を切ろうとしない。やむなく母の近況を知らせ、ついでに通院歴についても訊ねてみた。その結果、母は十年以上前、ものもらいがひどくなったため眼科にかかったのが最後、ここ数年は病院に行っていないことがわかった。

加えて言うには、眼科には自分が連れて行ったが、それは目が見えにくかったせいで、そうでなければ母はひとりで行っただろう、とのことだった。

『お母さんはとにかく病院が嫌いっていうか、病院は雑菌の固まりだって思ってるみたい。だから、そもそも行きたがらないし、行くにしても家族なんて連れて行きたくないんでしょ』

鈴子はあっけらかんと、本人がひとりで大丈夫というなら、そうさせてやればいいのでは、と言う。ひとりで置いておくのは危ない、といって麻有子に同居を強いたくせに、ずいぶんな言い様である。しかも姉は、なにかあっても病院にいるのだからかえって安心だ、なんて嘯《うそぶ》く。

ここまで無責任な人だったのか、と二の句が継げなかった。

それでも、とりあえず母の状態は落ち着いているし、紹介状と一緒にカルテの写しももらってきた。今回の通院は、何かあったときのためという意味合いが強いのだから、特に問題はないだろう。

そう考えた麻有子は、少し眠ることにした。


「はい、お世話様」

母の声と車のドアが閉まる音で目が覚ました麻有子は、時計を見て驚いた。時刻は十二時半、三時間近く眠っていたことになる。慌てて階段を下りていくと、正恵は既に家に入り、着替え始めていた。ちなみに、ハンマーで殴られているようだった頭痛はかなり薄らいでいる。

「おかえりなさい。やっぱり混んでた？」

「待ってる人は多かったけど、私が診てもらったのは予約どおりの時間だったわ」

「それにしては遅かったわね」

「なんだかいろいろ検査があったのよ」

「検査？　前の病院でいろいろやらなかった？」

カルテに全部書いてあるはずなのに、と首を傾げる麻有子に、正恵はうんざりしたように言った。

「よそはよそってことじゃない？　病院によって検査のやり方が違うことはよくあるらしいし」

何度も調べられるのはたまったものじゃない、といかにも病院嫌いらしい発言をしたあと、正恵は寝間着のままの麻有子を見た。

「それで、具合はどう？」

「ありがとう。だいぶ楽になったわ」

「そう。なにか食べたの？」

そういえば、朝から何も食べていない。頭痛があるときに下手に食べると吐き気を催す。それが嫌で何も食べずに布団に潜り込んだのだ。

「食べられそうなら、なにか作るわよ」

「でも……」

病院から帰ったばかりの母と、寝間着のままの自分。どちらがより病人なのか、などと考えているうちに、母は台所に向かい、丁寧に手を洗ったあと冷蔵庫を開けた。

「ご飯があるわね。確か、おうどんも……」

夕べ、残りごはんをプラスティック容器に入れて冷蔵庫に入れた覚えがある。正恵の昼食用に、冷凍のうどんやそばも常備していた。どちらがいいか訊ねられるかと思ったが、正恵はためらいなく冷凍庫からうどんを取り出した。

「鶏とお葱《ねぎ》があるから、鶏塩うどんを作るわ」

そう宣言したあと、正恵はうどんを電子レンジに入れ、葱、続いて鶏腿《もも》肉を切り始めた。

「なにか手伝おうか？」

「いいわよ。ふたりでするほどのことじゃないし」

鶏肉を酒と塩と一緒に水から煮込む。しっかり出汁が出たところで葱を加え、軟らかくなったらうどんを入れる。それが、麻有子が子どものころからよく食べていた鶏塩うどんだ。確かに作業としては葱と鶏を切って煮込むだけ、正恵の言うとおり、ふたりがかりでするほどではなかった。

「できたわよ。冷めないうちに食べなさい」

「懐かしい……」

思わずその言葉が口をついた。

麻有子が家にいたころ、正恵はよくこのうどんを作った。特に、鈴子や麻有子が病気になると決まって出てくるメニューだった。麻有子は子どものころから頻繁に台所に立っていたが、このうどんはあまり作らなかった。簡単な料理に思えるのに、なぜか母ほど上手《うま》く出来なかったからだ。

何が違うのだろう、と疑問に思いながらも、母に訊《き》くのが癪《しゃく》で……というよりも、そんなこともわからないのか、と叱られそうで恐かった。そのままにしているうちに家を出ることになり、そのまま鶏塩うどんはお蔵入りのメニューになってしまったのだ。

母に促され、早速食べ始めた。うどんを二本ほど箸《はし》に引っかけ、そっと啜《すす》る。程よく煮込まれた麺《めん》と鶏の出汁、葱の甘みが舌に染みるようだった。そして、今にしてやっと、自分と母が同じ味にならなかった理由を悟る。

「これって、お醬油《しょうゆ》を入れてる？」

「そうよ」

「お酒と塩だけだと思ってた」

「仕上げにちょっとだけだけどね。あと、みりんも」

教えなかったかしら？　と首を傾げたあと、正恵は箸を止めたままの麻有子に訊ねる。

「もしかして、薄い？」

病院で調べたら血圧が高いことがわかり、医者に薄味を心がけるように言われた。そのせいで、調味料を控えすぎたかもしれない、と正恵は言う。けれど、麻有子にはちょうど良い味加減に思える。なにより、長年の疑問が解けたことが嬉しかった。

「大丈夫。これぐらいのほうが、鶏やお葱の旨《うま》みがよくわかるし」

「そう？」

「うん。今度、作ってみるわ」

「今まで作ってなかったの？」

「うん……小さいころ、葵があんまりお葱が好きじゃなかったから。今は大好きだけど」

葵のせいにしてしまったことを心の中で詫《わ》びながら、麻有子はせっせと箸を動かす。

昔は、何を言っても嫌みやお小言しか返ってこなかった。話しかけることすら躊躇《ためら》われた。それなのに今は、普通に会話ができる。

――確かにこの人は変わったように見える。でも、これはきっと見せかけ。人間なんてそう簡単に変わるものじゃない。この平安がずっと続くなんて信じちゃ駄目だ。

うどんを啜る音だけが響く中、麻有子は自分にそんなことを言い聞かせていた。

第四章　予期せぬ知らせ

正恵が来てから一ヶ月が過ぎた。

二月最初の週末、麻有子は運良く連休を取ることができた。休館日の木曜日に館外で会議があり、それに出席したせいで代休がもらえたのだ。

昼食を終え、そろそろ買い物に行こうかと考えていると電話の呼び出し音が鳴った。ディスプレイに表示されたのは鈴子の名前である。

「お母さんの様子はどう？」

姉は挨拶《あいさつ》もそこそこでこちらの様子を訊《たず》ねる。姉は無理やりのように母を押しつけてみたものの、やはり気にはなっているのだろう。

「ちょっと待ってね」

ちょうど正恵は手洗いに行っていて居間にはいなかった。電話の呼び出し音には気付いたはずだが、誰からかはわかっていないに違いない。

本人の目の前では話しにくいと思った麻有子は、コードレス電話の子機を持って二階に移動した。

自分の部屋に入ったところで話を再開する。

「えーっと……普通にしてると思うけど？」

「え、そうなの？　なんだ……」

姉の言葉にひっかかりを覚え、麻有子は訊《き》き返した。

「もしかしてお母さん、お姉ちゃんに何か言ったの？」

不満を直接麻有子に言うのではなく、鈴子に垂れ流すというのは、かつての正恵ならあり得ないことだった。それでも、どうやら正恵は鈴子と頻繁に連絡を取っているらしい。

麻有子に何も言わない一方で、鈴子に文句を垂れ流しているとしたら、母は変わったのかもしれないと思ったのは完全に勘違い。いずれしても、内容だけでも把握しておくべきだった。

「え……？　あ、別に……ただ私が気にしただけで……」

「お姉ちゃんが気になるようなことを言ったんでしょ？」

こんなことを聞いたら麻有子が嫌な思いをする、とか、たぶん環境が変わってちょっと戸惑ってるだけだ、とか、鈴子は言を左右にし、なかなか説明してくれなかった。

それでも、うちに来てお母さんが不自由な思いをしているならなんとかしなければ、という麻有子の言葉に納得したのか、ようやく鈴子は正恵が伝えた内容を教えてくれた。

「愚痴とかじゃないのよ。ただ、お母さん、葵ちゃんとちょっと合わないみたいなの」

「葵と？　まさか。私が見たところ、あのふたり、結構うまくいってるわよ」

「そりゃそうよ。お母さんは賢い人だもの。自分がお世話になってるって気持ちがあるだろうし、あえて葵ちゃんに文句を言ったりしないわよ」

「そうかな……それで、具体的にどんなことを言ってたの？」

「うーん……これはあくまでもお母さんが言ったことで、私が思ってることじゃないからね！」

　そんな前置きを繰り返し、鈴子が話し出したのは、麻有子には予想外の内容だった。

「葵ちゃん、学校から帰ってくるとすぐに出かけちゃうんですって」

「出かけるって……夕飯の買い物とかじゃないの？」

　下校途中の寄り道は校則で禁じられている。従って、夕食の買い物は学校から帰ってからすることになっている。今は冬で暗くなるのも早いし、極力明るいうちに済ませたいと思えば、帰宅するやいなや、となるのは無理もないことだろう。

「えーでも、葵ちゃんが帰る時間ってそんなに遅くないじゃない？　部活も熱心じゃないらしいし、毎日四時には帰ってきてるってお母さんが言ってたわよ」

　四時に帰宅するなら、そこまで急がなくても、お茶のひとつも呑《の》んでから買い物に行けばいい。

　スーパーは夕方に向けて値下げすることが多いから、葵の大好きな『半額』シールが貼られた食材も多いはずだ、と正恵は言ったそうだ。

「私と一緒にいるのが嫌なのかしら、って気にしてた。葵ちゃんだって忙しいのはわかるけど、お茶の相手ぐらいしてあげてもらえないかしら」

あんまり寂しい思いをさせると、それはそれで認知症の引き金になりかねない。そうなったとき、困るのは麻有子なのよ、なんて、姉は言う。

母は、葵が家事に勉強時間を取られていると文句を言ったくせに、自分の相手はしろというのか……と鼻白みながら、麻有子はやんわり葵を弁護した。

「別に一緒にいたくないってことはないと思うわ。きっと早めに買い物を済ませてゆっくりしたいって思ってるんじゃないかな」

「でも葵ちゃん、買い物に行くって出かけて、帰ってくるのは六時ぐらいらしいわよ」

食材の買い物に二時間もかかるのはやっぱりおかしい、と鈴子は指摘した。

「毎日四時過ぎに出かけて六時まで、外で何をしてるのかしら……。危ないことをしてなければいいけど……。あーやだやだ、女の子って心配が多くて大変！」

たとえ非行に走っても、男の子と女の子では心配の質が違う。うちは男ばっかりでよかった、と鈴子は当てつけのように言う。

実は鈴子が剛を身ごもったとき、ふたり目は女の子が欲しいと言っていた。ところが、生まれてみたら男の子で、そのあとに女の子を産んだ麻有子をずいぶん羨《うらや》ましがっていた。羨ましい気持ちを素直に表しているうちはよかったが、やがて『女の子は何かと大変、産むなら男の子』と主張するようになった。きっと、息子たちが成長するに従って、男の子のかわいさに気付くと同時に、男の子を否定するような発言は拙《つたな》いと気付いたのだろう。

男の子がかわいいならそれでいい。なにも女の子の大変さばかり強調しなくても……とは思ったが、姉にしてみれば、そうすることでしか消化できない思いがあるのだろう。

「ほんとね。その点、男の子はいいわよね。頼りになるし……」

麻有子は密《ひそ》かにため息をつきつつも、姉に同調する。

昔からそうだったのだ。姉と喧嘩《けんか》になりかけても最後の最後で譲ってしまう。それはいわば、ただでさえ母とうまくいっていないのに、姉まで敵に回すわけにいかなかった麻有子の護身術だった。

だからこそ、それを察していた葵も母との同居を勧めてきたのだ。

そんな麻有子の気持ちなど考えもしないだろう姉は、ひたすら無責任な発言を繰り返す。

「でもまあ、葵ちゃんはこれまでほとんど手がかからなかったから、少しは親に心配をかけるぐらいでちょうどいいのかもね」

それが平等というものだ、と鈴子は笑った。自分はふたりの息子を育てるのに散々苦労したのだから、と……

――お姉ちゃんが苦労したからといって、私も同じ目に遭わなければならない理屈はない。それをいうならお姉ちゃんにも妊娠中に離婚してもらいたいもんだわ。そうすれば、ひとりで子育てする苦労も少しはわかったはず。学校を出てから一度も働くことなく家庭に収まった人に、私の気持ちなんてわかるわけない！

そう思いながらも、麻有子はまたひっそりと微笑む。

「心配は多いけど、葵はあれでけっこう頼りになるのよ。無い物ねだりしてもしょうがないんだから、私は葵と助け合って生きていくわ。同性だから、気持ちもよくわかるし」

それが、本当は娘が欲しくてならなかった鈴子への、麻有子にできる精一杯の反撃だった。

案の定、姉はちょっと悔しそうな声で言う。

「そうかも。ま、いずれにしても、葵ちゃんに、たまにはお母さんの相手をしてあげるように言っておいて。そっちに行ってから葵ちゃんのことをずいぶん見直したみたいだし、しかめっ面のあんたと鼻をつき合わせているよりずっといいでしょ」

「しかめっ面って……それもお母さんが言ったの？」

「やだ、そんなの聞くまでもないわよ。あんたがお母さんといて、楽しそうに笑い合ってたことなんてないもん。お母さんだって同じ、最初は笑ってても、そのうち黙り込むんだから」

それならなぜこっちに寄越《よこ》したのだ。楽しくないとわかっている暮らしを、姉は自分の都合のみで妹どころか母にまで強いたのか。あれほど世話になっておきながら……麻有子にしてみれば、その面の皮の厚さを分けて欲しいほどだった。

「ま、黙り込むぐらいならいいけど、大げんかだけはしないでね。あとは葵ちゃんが上手《う》《ま》くやってくれることを祈るばかりよ」

「葵にそんなことを求めないで。あの子はこれから受験準備なのに」

「大丈夫よ、葵ちゃんなら。うちの子たちと違って出来が良いから。いいわよねー優秀な遺伝子を受け継いでると」

「遺伝子って……そんなのお姉ちゃんも私も同じじゃない」

「そりゃそうだけど、父親が全然違うじゃない。うちは所詮《しょせん》駅弁大出の教員。葵ちゃんのお父さんは……」

「葵の成績が良いのは葵が頑張ったからで、遺伝子とは関係ないわ」

「えーそうかなあ……」

俊太も剛も、学校で習うはずのお茶の淹《い》れ方すら身につけていない。そんな子と葵を一緒にしないでほしい。授業に臨む姿勢も、その後の努力の量も全然違うのだ。

葵は日々の予習復習に余念がない。塾に行っていない分、自分で頑張らなければならないことがよくわかっているのだろう。塾にさえ行っていれば大丈夫と信じ込んで、宿題すらまともにやらない生徒がいる中、それなりの成績を保っていられるのは努力の成果である。

そもそも、同じ親から生まれたというのに、鈴子と麻有子の成績は雲泥の差だった。その時点で、遺伝子による影響などたかが知れていると証明されたようなものだ。

遺伝的要素は同じでも、そこに積む努力の量でまったく異なる結果が出る。さもなければ、鈴子だって麻有子と同じぐらいの成績が取れたはずで、あらゆる表彰状やトロフィーがしまい込まれることなどなかっただろう。

「駅弁大学って簡単に言うけど、国立大学に入るのは大変なのよ。その上、お義兄《にい》さんはちゃんと教員採用試験に合格して、学校の先生として立派に働いてるじゃない。お姉ちゃんは知らないだろうけど、お義兄さんのころの教員採用試験って激戦だったはずよ。遺伝子がどうこう言うのは失礼すぎるわ」

大輔は努力を怠らなかった。だからこそ、あの高い倍率を突破して無事教員になったのだ。

遺伝子云々《うんぬん》というのであれば、大輔の息子たちにだって『努力をする』という遺伝子が備わっているはずだ。彼らが努力ができないのは、育て方あるいは『努力できない』という鈴子の遺伝子の影響に違いない。それ以前に、自分の夫を誰かと比較して貶《おとし》めるなんて最低だった。

だが、それを口にすれば、母まで引っ張り出して大げんかに発展しかねない。そう思ってなんとか言葉は呑み込んだものの、麻有子の不満を察したのか、鈴子は唐突に話を切り上げた。

「ま、あんな人でもいるだけマシよね。とにかく、お母さんをよろしく。何かあったらすぐ電話して」

その台詞《せりふ》を最後に鈴子は電話を切った。

母に何かがあって電話したとしたら、姉は助けてくれるのだろうか……

そんな疑問が頭をよぎる。もちろん、答えはノーだ。そこで何かしてくれるようなら、今こんなことになっていない。そもそも、何かあったらすぐ『行くわ』ではなく『電話して』なのだ。役に立たないアドバイスでもして、お茶を濁すだけだろう。

私の務めはもう果たした。これから先はあんたのターン。姉がそう思っていることは間違いなかった。

いずれにしても、葵の外出については気になる。毎日のことならなおさらだ。そこで麻有子は葵の部屋に行ってみた。本人に訊くのが一番だと思ったからだ。

「葵、ちょっといい？」

「ちょっと待って！」

ドアを開けようとした麻有子は、葵の慌てた様子に思わず手を止めた。

「ごめん……」

慌てて詫《わ》びてしばらく待っていると、中でドタバタなにかを片付けるような音がして、やがて葵が顔を出した。

「なにか用だった？」

「ちょっと聞きたいことがあったんだけど、急いでないから……」

「なに？」

気になるから今言ってよ、と請われ、麻有子は葵の部屋に入った。そして、空気の冷たさに驚く。

「葵、ここ寒くない？」

「別に寒いとは思わないけど？」

平然と答えられ、改めて見直すと、確かに葵は長袖《そで》のTシャツを一枚着ているだけなのに頬の血色も鮮やか。触ってみた手もずいぶん温かく、寒がっている様子はなかった。

「信じられない。お母さんはこんなに寒いのに……」

「だって私、若いもん。お母さんとは違いますって」

「ひどーい！　お母さんだって、年の割には……」

「はいはい。わかったわかった！　それで訊きたいことって？」

「そうだった。なんか最近、家に帰ってからすぐに出かけてるみたいだけど……」

その言葉を聞いた葵は、『しまった！』と言わんばかりに顔をしかめた。

「あーそれ、お祖母ちゃんから聞いたんでしょ？」

「というか、鈴子伯母《おば》さんから」

「そっちか……。あのふたりってほんとに仲良しだよね。仲良しって言えば聞こえはいいけど、どっちも大人なんだからもうちょっとさあ……。あ、お母さん、ごめん！」

お母さんのお母さんとお姉さんなのに、と葵は慌てて謝ったが、麻有子もまったくの同感。葵を責める気持ちにはなれなかった。

「ほんとよね。でも、お祖母ちゃんと鈴子伯母さんはずっとあんな感じだから、今更変われっていっても無理なのよ」

「そうかもしれないねえ……」

「それで、葵は毎日どこに行ってるの？」

「図書館」

「え……？」

「俊太くんじゃないけど、お祖母ちゃんがいると落ち着いて勉強できないんだよ。お茶にしようとか、夕飯はどうするつもり、とか、しょっちゅう部屋に来るの」

たとえば数学で、図形の証明問題に取り組んでいる最中、あ、もしかしたらこうかも……と思った瞬間、正恵が入ってくる。集中は途切れ、つかみかけた解明への糸口もどこへやら……

あるいはイヤホンをして勉強していたら、音楽を聴く時間があるなら、お茶でも飲もう、と誘われる。本当は、音楽ではなく、英語のヒアリング問題を解いていたにもかかわらず、である。

「そんなこんなで、効率が悪いんだよ。それならいっそ、図書館にでも行って二時間ぐらい集中してやったほうがいいかな、と思って」

図書館といえども、学校帰りの寄り道は禁止されている。どうしても、いったん帰宅してから、ということになるし、私服に着替えていれば買い物もできる。

帰宅後、勉強道具と財布を持って図書館に行き、夕食に足りないものがあれば帰りに買い物をする、というのがこのところの葵の日常となっているらしい。

せっかく家に勉強部屋があるのに、と思うと、麻有子は申し訳なさで一杯になってしまった。

「そうだったの……」

「気にしないで。効率がいいのは本当だから。家にいるとすぐにおやつ食べたり、ゲームしたくなったりしちゃうけど、図書館だとそれはできないから」

「勉強するしかないものねえ……。でも、周りがうるさかったりしない？」

「そういうのはけっこう平気。さすがにお祖母ちゃんに話しかけられたら無視はできないけど、図書館で騒いでるのは知らない子ばっかりだし」

自分に関係のないことなら、雑音として切り捨てて集中することができると、葵は明るく笑った。

「すごーい。葵は偉いわ。お母さんは、周りがうるさいところで勉強なんてできなかったもの」

かつては勉強、今は仕事。いずれも集中するためには静かな環境が必要だった。

自習になると、教室でおしゃべりに興じる級友が大半だった。そんな中、周りの喧噪《けんそう》をものともせず、黙々と問題に取り組む友人が羨ましくてならなかった。我が子がそのひとりだなんて、嬉《うれ》しい驚きである。だが、葵は平然と言う。

「人それぞれだよ。それに、お母さんはそういう静かなところが好きだったからこそ、学芸員になったのかもしれないよ。美術館とか博物館って『静寂』が売りだもん」

「なるほど……そういう考え方もあるのね。すごいね、葵。ますますびっくりだわ」

「なにを言ってるんだか」

「とにかく、図書館で勉強してるって聞いて安心したわ」

「心配させてごめん。私も、たまにはお祖母ちゃんの相手もするように気をつけるね」

「それは気にしなくてもいいわ。来年は受験なんだし、家で勉強できないなら外に行くのは当然よ。こんな環境にしちゃったお母さんのほうがごめんなさい、だわ」

「それこそ仕方ないよ。お祖母ちゃんが寝ちゃったあとは、ちゃんと勉強できてるし」

平気平気、と繰り返し、葵は机に向き直る。これ以上は邪魔だと判断し、麻有子は居間に戻った。

しばらくして、葵が下りてきた。なにかと思えば、ノートがなくなったから買ってくると言う。それまで着ていた長袖のTシャツから、厚手のセーターに着替えていた。

「なんだ、やっぱり寒いんじゃない」

「さすがに、出かけるのにあの恰好《かっこう》はないよ」

「本当は寒いのを我慢してたんじゃない？　若いとかなんとか言っちゃって、嘘つき～！」

ね！」

「嘘じゃないもーん！　あのときは運動し……あ、なんでもない！　じゃ、行ってくる

そう言うと、葵は元気よく出て行った。

依然として炬燵《こたつ》に入ったまま、正恵がまたひとり言みたいに言う。

「自分の娘を嘘つき扱いしちゃいけないわ」

聞いたとたん、フラッシュバックが起きた。頭の中に胡瓜《きゅうり》と包丁、そしてあの日の正恵の顔が浮かび上がり、耳の中が熱くなる。同じ『嘘つき』という言葉なのに、母の口から出ただけでここまで反応してしまう自分が情けなかった。

胡瓜を薄切りにしたあの日、塩揉《も》みの時間が足りなかっただけなのに、母は最初からやらなかったと断定した。厳しい目で『嘘つき』と言い放ったのだ。今の葵との間に出てきた『嘘つき』と、あの日の『嘘つき』は全然違う。

正恵の呟《つぶや》きは止まらない。

「もっと子どもを信じてあげなきゃ……葵ちゃんは嘘をつくような子じゃないでしょうに」

どの口が言う。どの口が言う。どの口が……

その言葉を繰り返し正恵にぶつけたい。けれど、実際にできたのは黙って頷《うなず》くことだけだった。

正恵はそこで初めて麻有子と視線を合わせ、安心したように言う。

「葵ちゃんは家の手伝いもよくするし、本当に良い子ね。俊太や剛とは全然違う」

――なにこれ……お姉ちゃんから聞いた話と全然違うじゃない。

鈴子にはさんざん息子たちを持ち上げておいて、麻有子の前では葵を褒めちぎる。まるでおとぎ話に出てくるコウモリのような振る舞いに、麻有子は苦笑を隠せなかった。

「葵ちゃんは帰ってくるなり、部屋に行って勉強。少し休んでからにしたら？　って言っても、宿題だけ先に済ませちゃうから、って言うの。俊太や剛は帰るなり居間でごろごろしてたわ。まあ、話し相手にはなってくれたけど」

鈴子の息子たちが居間で過ごす理由は明らかだ。

先日訪れた際に見た鈴子の家の居間には、大型テレビがあり、最新らしきゲーム機がつなげられていた。きっと俊太や剛は、帰宅するなり居間にあるゲームで遊んでいるのだろう。

彼らに、正恵の相手をしているなんて認識はなかったに違いない。ゲームに興じていれば、正恵の言葉なんて耳に入らないだろうし、自動的に出てくるお茶やおやつをありがたがっているぐらいが関の山である。

けれど、葵の場合は違う。勉強も家事もあるし、気分転換にスマホでゲームをすることがないではないが、まとまった時間があれば文芸部の活動をしたいはずだ。

第一、居間にゲーム機はないから、座ったが最後、正恵と向き合うしかなくなる。そもそも正恵は一緒にいて楽しい相手ではないし、これまでは麻有子ばかりか葵に対しても否定的だった。この家に来てからずいぶん態度を和らげたとはいえ、どんなきっかけで逆戻りするかわかったものではない。葵はそれを恐れて、正恵に近づかない。麻有子はそんな気がしてならなかった。

「葵ちゃんは嫌みのない顔立ちだし、お洒落《しゃれ》にも気を遣ってる。やっぱり女の子は楽しみね」

――あなたは化粧や着るものにも無頓着《むとんちゃく》だし、かわいげもない。その上、仕事にばっかり夢中になっていた。だから夫に浮気をされ、別れることになってしまった……

かつての正恵ならそんなふうに言っただろう。それに対する麻有子の意見はこうだ。

母は常に身の回りに気を配り、美人と名高い人だった。もちろん、それは今も変わらず、年齢相応に見られたことなどない。誰もが、母の実年齢を聞いて驚くのだ。そんな母を妻に持っていても、父の浮気は止まらなかった。いったい何が、父をそうさせたのか、母は一度でも考えたことがあるのだろうか、と……

けれど、やはり正恵は何も言わない。きっと本心を隠しているのだろう、と思った麻有子は、姉からの電話について触れてみた。

「お母さん、お姉ちゃんから聞いたんだけど、葵がこのところ、帰ってくるなり出かけていくのが気になってるんですってね」

「ああ、鈴子が電話してきたの？」

母は、困ったものだといわんばかりに首を左右に振った。押しつけておいて……という言葉が聞こえたような気がしたが、もしかしたら気のせいかもしれない。とりあえず、事実だけは伝えておこう、と麻有子は話を続けた。

「さっき葵から聞いたんだけど、あの子、図書館で勉強してるらしいわ。参考書とかもたくさんあって便利なんですって」

後半はでまかせだ。けれど、さすがにあなたが煩わしいから、とは言えなかった。

「へえ、図書館……。家のほうがずっと集中できそうだけど。もしかして、仲の良いお友だちとでも勉強してるの？」

「葵はひとりだと思うわ」

「あらそう……。お友だちがいないのかしら」

「葵だって、友だちぐらいいるわよ」

葵には茜という親友がいる。小学校以来の仲で、昨年のような『事件』があってもなお壊れない強い絆《きずな》がある。だが、いかんせん彼女はバスケット部に所属していて、放課後はずっと練習している。近くの図書館は分館なので午後五時には閉館するし、部活が五時より前に終わることはない。

テスト前の部活停止期間ならともかく、図書館に行くことはできないはずだ。なにより、以前葵が言っていたように、図書館というのは友だちと勉強するには不向きな場所だった。

「図書館で勉強するのに、友だちと行っても仕方がないでしょ？」

「ならいいけど。でもねえ……葵ちゃんが帰ってくるのはたいてい六時すぎ。もう暗いから、ちょっと心配なのよ」

図書館が閉まるのが五時、帰りに買い物をしているとしたらその時間になるのは当然だ。

確かに冬は日没が早いから、六時には暗くなっているだろう。けれど、図書館とこの家を繋《つな》ぐ道はバス通りだし、行き交う人も街灯の数も多い。買い物をするスーパーを含めて、それほど危険な道のりではなかった。

「大丈夫よ。ここは田舎と違って人通りも多いし、なにより今はどこにいても危ない目に遭う時代よ。暗くても明るくてもあんまり関係ないわ」

「そういうものかしら……。まあ、心配しすぎても切りがないものね」

正恵はそう言うと、炬燵の上にあったリモコンを取り上げ、テレビのスイッチを入れた。いつも見ている情報番組にチャンネルを合わせ、また口を開く。

「それはそうと、葵ちゃんはずいぶんお料理が上手ね。洗濯だってアイロンかけまでちゃんとできるし、今すぐお嫁に行っても、なんの心配もないぐらい。ちょっとびっくりしたわ」

褒め殺し作戦？　と疑いながら、麻有子は当たり障りのない言葉を返す。

「まあ、小さいころから手伝わせてるから」

「あの年であれだけ作れるのは大したものよ。でもやっぱりちょっとかわいそう。要するに、自分で作るしかなかったってことでしょう？　ほかに作ってくれる人がいたら、ああはならなかったわけだし」

「え、でも、私もあの子ぐらいのときには同じぐらい作れたはずよ」

正恵は毎日、自分の留守中に麻有子に家事をしておくことを要求した。宿題よりも、テスト勉強よりも、夕食の買い物や下準備、床の拭《ふ》き掃除やアイロンかけがきちんとできていることに重きを置いていたのだ。

友だちの中にも普段から家事の手伝いをしている子はいたけれど、テスト期間であろうが、受験であろうがお構いなし、初めに家事ありき、と言われたのは麻有子ぐらいのものだ。

あれだけやらされて、料理のひとつも作れるようにならないほうがおかしいだろう。

母が一緒に住むようになったあと、なにかで文句をつけられるたびに過去がフラッシュバックした。これまでの恨み辛《つら》みをぶちまけたくなることも多々あったけれど、すべて吐き出したところで、正恵が自分の非を認めない限り、麻有子が救われることはない。

そして、いくら正恵の態度が軟化したとは言え、そこまでは望めないことぐらい麻有子にはわかっていた。

結局、今も昔も、何を言われても反論できない。できたとしても意味はない。口にできない言葉を心に沈め、麻有子は話を終わらせるよう努めた。

「とにかく葵はよくやってくれてるし、勉強を頑張らなきゃいけない時期でもあるの。

夕食の支度に間に合うように帰ってきているなら、大目に見てやって」

「そうね……ちょっと食が細いのは心配だけど、好き嫌いもなさそうだし」

麻有子は、不意に出てきた『食が細い』という言葉に驚いた。

葵は食べることが大好きで、食べる量そのものも人並み以上だ。それは、茜が家に来たときにも感じたことだが、彼女はグラタンとサラダで満腹し、一緒に出したバゲットには手を付けなかった。

茜が食べた量は麻有子と同じぐらい、女性としては相応な量だったと思う。それに対して葵は、茜の分まできれいに平らげていたのだから、食欲旺盛《おうせい》と言うべきだった。

茜に『葵ちゃんは相変わらずよく食べるわねえ』などと言われていたから、茜も葵を食欲旺盛だと思っているのだろう。

にもかかわらず、正恵は葵を食が細いと言う。納得がいかず、躊躇《ためら》いつつも麻有子は訊ねてみた。

「どうしてそう思うの？　葵は別に食が細くはないはずだけど……」

「ご飯なんてほんの一口ぐらいしか食べないし、おかずだって小鳥の餌ぐらいよ。私がご飯やお味噌汁《みそしる》をよそってやろうとしたら断るわ。お祖母ちゃんが盛り付けると多すぎるって……」

「え……そうなの？　でも、前は……」

「前はたくさん食べてたのかもしれないけど、今は違うみたい」

「全然知らなかった」

　このところ帰宅が遅くなりがちで、葵と夕食をともにすることが少なくなっていた。仕事の忙しさに加えて、葵はひとりではない、という思いがあることは否めない。鈴子の言うとおり、正恵が一緒に住むようになったことで、麻有子は今まで以上に遅くまで仕事をするようになった。その結果、葵の食事量が変わったことに気づけなかったとしたら、責められても仕方がなかった。

「忙しいのはわかるけど、もうちょっと葵ちゃんのことを考えてあげたら？」

　そう言うと、正恵はテレビに視線を戻す。ちょうどそのタイミングで、再放送のドラマが始まった。お気に入りの俳優が出ているから、これ以上話を続けることはないだろう。

　ドラマに見入っている正恵の脇で、麻有子は考え込む。

　リーダー格の女子と対立していると聞いたあと、どうなったかを確かめていない。自分では平気だと言っていたが、やはり負担、あるいはもっと状況が悪化して、身体に影響が出ているのかもしれない。

　葵のことを考えているつもりで、実は全然できていなかった。葵はしっかりしているようでもまだ中学生。本当には自分のことをわかっていないのかもしれない。

　麻有子は、葵の言葉を信じ、そのままにしてしまった自分を反省することしきりだった。

葵はなかなか帰ってこなかった。ノートを買うだけにしては時間がかかっているが、他にも用事があったのだろう、と判断して、麻有子は車のキーを握った。

こんなことなら一緒に行けば良かったとは思ったものの、きっと戻ってすぐに勉強を再開するつもりだったのだろう。

休日はたいてい葵と買い物に行き、店頭で相談しながら献立を決める。それなりに時間がかかるし、自分がいるときぐらい、葵の負担を減らしてやらなければと考え、ひとりで行くことにしたのだ。

一時間後、帰宅した玄関には葵の靴があった。正恵に聞いてみると、麻有子が出かけるのと入れ替わりで帰宅し、二階に上がっていった、きっと勉強しているのだろう、とのことだった。

安心した麻有子は買ってきたものをそれぞれの場所にしまい、続いて夕食の準備に取りかかった。

今日の献立は、特売牛肉を使ったステーキにサラダとスープ。いつもより少し贅沢なものである。

得てして料理というのは、食材が高級であればあるほど手をかける必要がなくなっていく。上質の肉や魚はそのまま、せいぜい塩や胡椒《こしょう》といったシンプルな味付けで焼くのが一番だということで、麻有子と葵の意見は一致していた。

休日は手がかからず、それでいて美味《おい》しいものを食べる。そしてまた作り置きに励む。それは長年続いてきた親子の習慣のようなものだった。

ステーキ肉に塩胡椒を振りながら、麻有子は付け合わせを考える。

正恵は年齢の割に健啖《けんたん》家で、肉も好んで食べる。脂の少ないヒレ肉が半額で買えたから、気に入ってくれるだろう。ただ、正恵はパンよりご飯派だ。葵とふたりならバゲットかロールパンですますのに……と少し面倒に思いつつ、米を洗う。さらに、せっかくご飯を炊くのであれば、ということで、ガーリックライスを作ることにした。

ガーリックライスとはいっても、レストランで出てくるような本格的なものではなく、あらかじめガーリックの風味がつけられたオリーブオイルでご飯を炒め、コンソメと塩胡椒で味をつけるだけ。仕上げにもう一度パウダーガーリックを振りかけることもあるが、とにかく時間も手間もかからず、それでいてお腹にしっかりたまる一品である。

実は、正恵が来てからガーリックライスを作るのは二度目だ。最初のときは、年齢を考えたら胃に負担かもしれないと考え、別に白飯も用意した。だが、正恵は特に文句も言わず、皿を空にした。

もともと正恵は味にうるさい人で、美味しくないと思えば必ず文句を言うし、自分で味を直したりもする。それが一切なかったのだから、気に入ったと判断していいだろう。

サラダとスープを作り終え、あとはご飯をさっと炒めてステーキを焼くだけとなった。

そこにやって来たのは葵だ。切りが良いから、と本人は言うが、もしかしたら麻有子が夕食の支度を始めた気配を感じ取って下りてきてくれたのかもしれない。

麻有子は、ステーキは葵の大好物、きっと喜んでくれるだろうと考えていた。それなのに、葵は塩胡椒されたステーキ肉を見て困ったような顔になった。

「え……今日、ステーキなの?」

「いつものスーパーで国産牛が特売だったの。もしかして駄目だった?」

「晩ご飯なのにこんなの食べたら太っちゃう……」

「大丈夫よ。ヒレ肉だからカロリーはそこまでじゃないし。葵なんて食べたはしから消費しちゃってるじゃない」

「そうでもないから、困ってるんだよね」

そう言ったあと、葵はステーキ肉を恨めしそうに見た。

——こんなの食べたら太っちゃう?

麻有子は葵の言葉に違和感を覚える。

これまで葵は太ることなど気にしたことがなかった。

どちらかといえば、それは常に麻有子の問題で、その日の運動量と皿の上の料理を比べ、確実に消費しきれないだろうカロリーを嘆いてばかりいた。それでも、残すことなどできない麻有子を葵はいつも『大変だねえ、お母さん』なんて笑っていたのだ。

その葵の『太っちゃう』宣言に驚くと同時に、正恵が言った葵は『食が細い』という言葉が頭に浮かんだ。もし葵の食が細くなっているとしたら、それは意図的なものかもしれない。

おそらく葵は、太ることを気にして食事の量を減らしていたのだ。

必要がない人ほどダイエットをしたがるのはなぜだろう、とため息をつきながら、麻有子は言った。

「体重を気にしてるの？」

「……だって、去年から二キロも太ったんだもん」

「身長は？　身長だって伸びてたでしょ？　見ただけで大きくなったってわかるもの」

「この間、保健室で測ってみたら、三センチ伸びてた」

「え、それはすごいわ！」

女子の成長期は十歳から十三歳ぐらいにかけてだそうだ。ところが、小学校高学年に入り、他の子がぐんぐん伸びはじめたにもかかわらず、葵はミリ単位でしか大きくならなかった。

この子はこういう体形なのだと思っていたら、五年生の夏ごろから目に見えて伸び出した。六年生、中学一年生と毎年二センチ前後背が伸び、なんだ、成長期が遅かっただけかと安堵《あんど》したが、春も来ていないうちに三センチも伸びていたとは思わなかった。

「そんなに伸びてたら二キロぐらい増えるのは当然よ。むしろもっと増えてもおかしくないぐらい」

「えーでも……」

葵はそこでなぜか言葉を濁す。さらに自分の足を見下ろして、泣きそうな顔になった。

「私の足、他の子よりずっと太いし……」

「他の子が細すぎるだけよ」

「お母さんはいつもそう言うけど、この間、セーターを新調してもらったけど、あれ以外にも着られなくなった服がたくさんあるんだよ。体重計の数字はどんどん増えてくし、このままじゃ駄目だ、って思って頑張ってみたけど、ぜんぜん効果がないの。ご飯も減らしたし、運動だって……」

「運動もしてるの？　あ、もしかしたら出かける前も部屋でなにかやってた？」

「バレたか……。実はラジオ体操。あれってけっこういい運動になるんだよ。第二までやったら汗びっしょり。それに図書館も……」

「図書館？」

「うん。これまでは自転車で行ってたでしょ？　この頃は歩いたり、走ったりしてるの」

そんなことをしていたのか、と麻有子は驚いてしまった。

図書館までは自転車で十分ぐらいだが、徒歩やジョギングでいけばけっこうな運動になる。図書館の帰りに、少し離れたところにあるスーパーで買い物をすれば、さらに運動量は増えるはずだ。

麻有子は改めてじっくり葵の身体を見た。麻有子の目には葵が気にするほど太ったようには見えない。むしろ、もう少し体重を増やしたほうがいいとすら思える。

葵は去年の服が着られないと嘆くが、小さくなったのは専ら丈、つまり背が伸びたせいだ。背が伸びれば体重だって増えるのが自然の理だし、棒みたいな足よりは適度に筋肉が付いているほうがずっといい。それなのに、『大変だ、太った。痩《や》せなくちゃ！』と大騒ぎしてしまうのは、思春期の女の子にありがちな話だった。

そういえば自分にもそんな時期があった。体重を一グラムも増やさずに身長を伸ばす方法はないのか、と悩んだ日もある。どう考えても無理だ、という結論に達したものの、『物理』と『乙女の心情』の間に横たわる深い谷を嘆きまくったものである。

目の前で俯《うつむ》く我が子にかつての自分が重なり、なんとも言えない気持ちになりつつ、麻有子は葵に言い聞かせた。

「葵、お母さんにも覚えがあるけど、ほんとに気にする必要ないわ。あんたの足は太くなんかない。アポロンぐらいきれいな足よ」

「アポロン……？」

「そう、ギリシャ神話のアポロン。美術の教科書とかで見たことあるでしょ？」

葵はしばらく記憶を探るように宙を睨《にら》んでいたあと、盛大に吹き出した。

「お母さん、アポロンってあの露出狂みたいな人のことだよね？　それよりなにより、あの人って男だよ？　男みたいな足って言われても――！」

「え、そう？　すごくきれいだと思わない？」

「はいはい、わかったわかった。お母さんの審美眼は確かです。なんといっても、安代美術館の古参学芸員様だもんね」

「古参って言わないでー」

「古参は古参でしょ。それともお局《つぼね》学芸員かな？」

「もっと悪い！　とにかく、あんたの足、っていうよりもあんたのスタイルはまったく問題なし。むしろ黄金比に近づけるためにもう少し体重を増やして欲しいぐらいよ」

「黄金比とか無理に決まってるでしょ！」

依然としてケラケラと笑い続ける葵を見て、麻有子は心底ほっとする。とにかく葵がこんな風に笑ってくれるのが嬉しかった。

「審美のプロが『きれい』って言うんだから、私の足はこれでいいってことだよね？　でもって、ご飯も普通に食べていいし、ちょっとはおやつも……」

「当たり前でしょ。しっかり食べて運動して、丈夫な身体を作らなきゃ。あ、そういえば、運動って図書館の往復だけ？」

「ううん。実は図書館に着いてからも……」

「着いてからって……図書館で運動してるの？」

「まさか。図書館とは言ったけど、正しくは公民館のほう」

葵が通っている『図書館』は、実は独立したものではなく、公民館に併設されている分館、図書室と言うべき規模である。

葵は専ら図書室しか利用していないため日頃から『図書館』と呼んでいたが、公民館には図書室だけではなく、楽器の演奏や研修会、運動のための部屋も設けられていた。

「そういえば、トレーニングルームがあったわね」

「知ってた？　あそこ、無料で使えるんだよ。さすがに雨の日にジョギングやウォーキングはしたくないじゃない。それで、トレーニングルームを使うことにしたの」

「ってことは、今日も？」

「うん……だから……帰ってきてご飯がステーキなのを見て、ちょっと……」

「運動して痩せようと頑張ってるのに、こんなハイカロリーなものを、ってことね」

それであんなに困った顔になったのね、と言われ、葵は申し訳なさそうに言う。

「ごめん！　お母さんは私がダイエットしてるなんて知らないし、いつものパターンからすれば、昨日はお魚だったから今日はお肉だよね。それに、普段ならステーキが出てきたら大喜びだし」

すみませんでしたーなんて、両手を合わせて謝る葵に、麻有子は苦笑いだった。

「運動するならタンパク質はちゃんと取らないと、って茜ちゃんなら言いそう」

「うん。それ、言われた」

ということは、茜は葵がダイエットを始めたことを知っているのだ。

親友とのコミュニケーションがしっかり取れていることに安堵すると同時に、麻有子は一抹の寂しさを覚える。そして、ついつい言わずもがなのことを口にしてしまう。

「そう。茜ちゃんにはダイエットのことを話してたんだ……」

「話してた、っていうか……相談したの。茜ちゃんならダイエットに効果的な運動も知ってるかなと思って」

茜に相談してみたところ、まず、現状について聞かれたそうだ。

「どんなふうにやってるかって訊くから、痩せるには食べないに限る。だから思いっきり食べる量を減らしてるって言ったら目茶苦茶怒られた」

のんびり屋の茜とは思えないほど恐い顔で『何やってんの⁉』と、叱られたそうだ。

「茜ちゃん、私が元気がないのが自分のせいだと思い込んでたみたい」

それまでしっかり食べていたのに、いきなり量を減らしたら当然お腹が空く。元気がでないのはもちろんのこと、お腹がグウグウ鳴るのが恥ずかしくて、休み時間も教室にいられなかったそうだ。

今まではひとりで平然と本を読んだり、文章を書いたりしていた葵が休み時間のたびにどこかにいってしまう。葵は依然としてクラスで孤立していたから、いよいよその状態に耐えられなくなって教室から逃げ出してしまったのか、と茜は心配していたそうだ。

しかも、それが事実だとしたら半分は自分の責任だと思い詰めていたという。

それなのに、実は原因はダイエットでした、なんて聞かされたら、怒るのも無理はない。

「それは茜ちゃんに申し訳ないことをしたわね」

「うん。もう、平謝り。でもさ、茜ちゃんもわかってないよね。クラスの状態なんて全然気にしてないのに」

葵によると、クラスの状態は前よりもずっと良くなった、リーダー格の女子も取り巻きたちも、葵があまりにも平然としているのでつまらなくなってきたらしい、とのことだった。

「先生には話したの？」

「現状報告だけ。何もしないでくれってお願いしたし、それで正解だったとも思う」

「そうか……でも、話が聞けてよかったわ。ごめんね、放りっぱなしにしてて」

「ぜんぜん。たぶん、もうしばらくしたら元に戻るんじゃない？　もうすぐ三年生だもん。いつまでも馬鹿なことやってられないよ」

ああいう子に限って、内申書とか気にしそうだし、と笑ったあと、葵はおもむろに話を戻した。

「ということでダイエットの話！　茜ちゃんね、正しいダイエット法ってやつを教えてくれたんだよ！」

毎日部活で運動しているにもかかわらず、油断するとすぐ太ってしまう。日々体重計とにらめっこで生きているという茜は運動のみならず、ダイエットそのものについても知識が豊富で、私に任せなさい、と胸を叩《たた》いたそうだ。

食事の絶対量ではなく、内容を変える。お腹の掃除をしてくれる食べ物は低カロリーな場合が多いから、積極的に摂って、身体の中に余分なものを溜《た》め込まないようにする。

あとはしっかり運動して、消費カロリーを増やす――それが、茜が言う正しいダイエット法だった。

「『無理は禁物。ダイエットに終わりなんてないって思いなさい』だってさ。で、我慢ばっかりじゃストレスが溜まって反動でドカ食いしちゃう。一週間ぐらいのスパンで調整したほうがいいんだって。あと、蒟蒻《こんにゃく》とか寒天とかもうまく取り入れなさいって」

そういえば、もともと葵はあまり蒟蒻を好まなかった。おでんに入っていても、食べるのは専ら麻有子だったが、近頃は積極的に箸《はし》を伸ばしていた。大人になってきて嗜好《しこう》が変わったのかと思っていたが、ダイエットが目的だとしたら大いに頷ける。ほぼゼロカロリーの蒟蒻は、ダイエットの味方だった。

「ダイエット向けの食材とか料理法とか延々と語られたよ。あと、運動のやり方とか」

「さすが茜ちゃん。よくわかってるわね。ダイエットって体重だけ減らしても駄目なのよ。筋肉をしっかりつけておかないと、あっという間にリバウンドしちゃう」

「うわあ、お母さんってば茜ちゃん並みに理論はばっちり……ていうか、理論だけばっちり？」

葵にちくりとやられ、またしても麻有子は苦笑いである。

茜はさておき、ダイエットの理屈はわかっていてもまったく実行できない、というのが麻有子の悩みの種なのだ。もはや、笑うしかなかった。

「そうなのよねえ……頭でわかっててもできないことばっかり。葵はそうならないようにね」

「気をつけます！」

　そう言いつつ、葵は元気よく敬礼する。その芝居がかった仕草を見ながら、麻有子はふと気がついた。

　正恵は葵が『食が細い』と言っていたが、あれはダイエットをしていたためだったのだろう。もしかしたら、麻有子と一緒に食べないときはもっと量を控えていたのかもしれない。

「お祖母ちゃんが、葵は食が細いって言ってたの。もしかして、お母さんがいるときは普通に食べて、それ以外はすごく量を減らしてた？」

「あー……そっか、お祖母ちゃん、知ってたんだ……」

　本当にごめん、と葵は何度も謝る。

　ダイエットをしていることを知られたくなかった。ダイエットが必要な体重になっていること自体、恥ずかしかった。一緒のときは普通に食べるようにしていたが、そうするとやっぱりカロリーオーバーになる気がして、極力時間をずらした。もう少し待てば帰ってくることはわかっていても、正恵がいるのをいいことに先に済ませるようにしていた、正恵はもともと葵がどれぐらい食べていたかを知らないはずだから、気付かれることもないと思った、と言うのだ。

「実は、七時になる前に食べちゃったこともあったの。遅い時間に食べるのはよくない、ってことは知ってたし。で、そんな話もしたら、また茜ちゃんに怒られた。感じ悪すぎ、お母さんの気持ちも考えてみなよ、って……。そういうひどい子はグラウンド十周だ！だってさ」

ごもっともだよねーと葵は大笑いだった。

「グラウンドなんて部活の子でいっぱいじゃん、って言い返したら、かわりにトレーニングルームで走ってきなさい、って言われたよ」

家と図書館を往復するぐらいでは、大した運動にはならない。トレーニングルームならより効率的に運動ができるはずだ、と茜は言ったらしい。

「トレーニングルームなら筋トレも有酸素運動もできるし、天気も関係ない。おまけに無料だって」

「なるほど……。でも、本当に葵にダイエットは必要ないわ。運動して体力をつけるのはすごく良いことだけど」

「カロリーを考えた食事も？」

「それはちょっと大事ね。なんならこのお肉もステーキじゃなくて、網焼きにしてみる？　脂が落ちてヘルシーになるかも」

「え、ヒレ肉なのに？　やだ、信じられなーい！」

もともとヒレ肉は脂が少ない。それなのに、さらに落とすと言われて葵は大慌てだった。

「明日と明後日《あさって》で調整する！　それに。せっかくステーキ用のお肉なのに、ちゃんと食べてあげないと牛が化けて出るよ～」

「ステーキでも網焼きでも、ちゃんと食べることに違いはないでしょ？」

「違う！　絶対に違う！　だからステーキにしようよー」

ダイエットの必要はないと言われて安心したのか、葵はステーキを主張した。網焼きと言ったのは、ダイエットを打ち明けてくれなかった葵へのちょっとした意趣返し、麻有子ももとよりそのつもりだった。

「はいはい。じゃあ支度しましょう。今日もトレーニングルーム行って来たの？」

「うん。腹筋とかいろいろやってきたからお腹ぺこぺこ。だからさっさとお肉焼いて……あ、それより先に、コンビニに行って来ていい？」

怪訝《けげん》な顔の麻有子に、葵はぺろりと舌を出した。

「ちょっとだけ甘いもの食べたいなーって……」

「コンビニ？　どうせならケーキ屋さんのほうがよくない？」

何なら車を出す、と言った麻有子の目の前で、葵は人差し指を左右に揺らした。

「だめだめ。ケーキ屋さんのは美味しいけどカロリーたっぷり、っていうよりカロリーがわからないからヤバすぎ」

「え、でも……」

しっかり運動しているのだから、カロリーは気にしなくても、と言いかけた麻有子に、葵がにやりと笑った。

「私は大丈夫でも、お母さんがヤバいよね？」

葵の言葉に、麻有子は自分のお腹の周りを見回す。

そういえばこのところ体重計に乗っていない。それになんだか身体そのものが重い。こころなしかスカートもきつくなったような……

慌てて体重計のある浴室にダッシュした麻有子の背を、葵の笑い声が追いかけてくる。

体重計が示した数字を見たとたん、唸《うな》り声が出た。

「どうしよ……」

「お母さんはデザートパスする？」

「ゼ、ゼリー！　ゼリーなら！」

「わかった。ゼロカロリー系を探してくる。お祖母ちゃんもなにかいるかな？」

そう言うと葵は、軽やかに階段を上がっていく。二階の和室に戻っていた正恵に訊きに行くようだ。すぐに、明るい声が聞こえてきた。

「コンビニにデザートを買いに行ってくるけど、お祖母ちゃんはどうする？」

「私はけっこうよ。甘いものは身体によくないし」

「たまにはいいじゃない。身体によくなくても、お菓子は心の栄養だよ～」

「そうねえ……たまにはいいかしら。じゃあ、なにか和菓子を……」

「了解。じゃあ、お母さんにゼロカロリーデザートとお祖母ちゃんに和菓子。私はやっぱりケーキにしようかな〜」

そして葵はまた元気よく階段を下りてくると、財布が入ったポシェットを斜めがけして出かけていった。

× × ×

鵜飼総合病院から電話があったのは、二月十二日のことだった。

仕事をしている間、麻有子はたいてい携帯電話をサイレント設定にしているため、着信があってもほとんど出ることができない。その日も、帰宅しようとして初めて着信ランプに気付いたほどだ。

着信は午後二時過ぎで、留守番電話にメッセージが残されている。すぐに再生してみると、正恵のことで伝えたいことがある、近いうちに来てもらえないか、とのことだった。診察時間は既に終わっていたが、とりあえず電話をかけてみたところ、新しく正恵の主治医になった医師が残っていた。今夜は当直だから、帰宅途中に寄ってもらえれば話ができると言う。

改めて日を設定するのは面倒だったし、話の内容がわからないままに時を過ごすのは苦手だったため、麻有子はその足で鵜飼総合病院に向かった。

以前の正恵の主治医、梶山の先輩だというその医師は、鵜飼総合病院の内科部長を務め、胸元に『加藤《かとう》』というネームプレートを付けていた。

遅くなって申し訳ないと詫びた麻有子に、柔和な笑みを見せる。

「こちらこそ、お忙しいところをお呼び立ていたしまして……」

そして彼は早速麻有子を呼び出した理由を説明し始めた。

「先日、お母様に何種類か検査を受けていただきました。その結果、これは一度ご家族の方にお話ししたほうがいいと考えまして、来ていただいた次第です。実は、お母様には何度かご連絡を差し上げ、ご家族と一緒に来ていただけないかとお願いしたのですが、娘は忙しくて来られない。それに自分のことは自分が知っていれば十分、わざわざ知らせる必要はないとおっしゃって……」

自分もずいぶん悩んだが、この先治療をおこなう上で家族の同意が必要な場合も出てくるだろうし、やはり説明しておいたほうがいいと考え、独断で連絡させてもらった——

年齢は五十代後半、あるいは六十を過ぎているのかもしれない。内科部長という地位に相応《ふさわ》しい威厳と恰幅《かっぷく》を備えた男は、麻有子にそんな説明をした。

さらに、驚きのあまり声をなくした麻有子に、落ち着くように言い聞かせ、話を続ける。

「梶山くんから、退院間際におこなった検査で少々気になる数字が出ている、ついてはこちらに移ったら詳しく調べてみてくれないか、と頼まれていました。それで初診のときに調べさせていただいたのですが、やはり梶山くんのいうとおりでした」

「それで……母はどこが……？」

続いて加藤が口にしたのは、皮肉なことに父が罹《かか》っていたのと同じ病名だった。

かつてこの病名を聞かされたとき、高校一年生だった麻有子は、父の命はもう長くないと悟った。

それから三十年の月日が流れ、医学は格段の進歩を遂げた。それでもなお、先のない病という認識は捨てきれない。正恵の病名に思ったよりもショックを受けたことに驚きつつ、麻有子は訊ねた。

「あとどれぐらい……？」

血の気の失せた麻有子の問いに、加藤は静かに答えた。

「その問いに正確な答えを出せる医師はいないでしょう。ただ、そもそも進行が遅いタイプですし、年齢を考えれば急激に悪くなるとは思えません」

それでも、手術をするかどうか、どんな薬を使うか、そもそも治療をするのか否か、などなど決めなければならないことは多い。すべてを患者ひとりに任せるのは難しいだろう、と加藤は言った。

「そう……ですか……。それで、その話を母はいつ知ったのですか？」

「検査結果が揃ったのは一月末です。それに基づいてお母様にお話しさせていただいたのは……ああ、そうだ、二月四日ですね」

手元にあったカルテを捲《めく》り、加藤は母に告知した日を教えてくれた。

「じゃあもう十日近く経ってるんですね。その間、母は何も言わず……」

「というよりも、こちらに来て診断が確定しただけで、病気の可能性についてはもっと前からご存じだったと思います」

「それにしては、変わりがなさすぎじゃありませんか？　普通ならもうちょっと落ち込んだり、気もそぞろになったりするでしょう？」

だから気がつかなかった、というのは言い訳にすぎないと百も承知だ。それでも麻有子にはそうとしか言えなかった。

そこで加藤は、ため息とも感嘆ともつかぬ声を上げた。

「お母様は、本当に気丈な方なんですね。私がお話しさせていただいたときも、動揺した様子は見られませんでした。でもそれは、私の手前、虚勢を張っていらっしゃるんじゃないかと思ってたんです。家に帰られたら、落ち込んでしまわれるんじゃないかと……」

「母は弱みを見せたがらない人ですので……」

「こんなことを申し上げるのは失礼ですが……」

そんな言葉のあと、加藤は姉についても触れた。

「梶山くんから、今までずっとお姉様のお近くにいらっしゃったと聞いています。私は最初、お母様が、下のお嬢様では頼りにならないとお考えなのかと思っていました。だから伝えないでほしいとおっしゃっているのかと……。でも、違いました」

長い間近くにいたのだから、姉のほうが気心は知れているに違いない。それならいっそ、そちらに連絡を取ろうか、と言ってみたが、それもすげなく拒否されたそうだ。

妹のほうが姉よりずっとしっかりしている。こんな話を聞いたら姉は動揺するに決まっている。どちらかに知らせなければならないとしたら、妹のほうがいい。けれど、知らせるにしても時期を選んで自分の口から……と母は主張したそうだ。

「今のところは誰にも知らせたくない、の一点張りでした。治療についても痛かったり苦しかったりするのは嫌だから、何もしたくないと……。治療にいろいろな方法がありますし、説明だけでも聞いていただきたかったのですが、それすら必要ないとおっしゃいました。せめてご家族に……と思って、ご連絡差し上げた次第です」

医者として、患者の希望を優先すべきだとはわかっている。だから、今は情報を共有するに留め、本人が言い出すまでこの話は聞かなかったことにするほうがいいかもしれない。なにか変わったこと、家族と相談しなければならないことが出てきた場合は、その都度連絡するし、不安なことがあればいつでも連絡してくれ、と加藤は言った。

「少なくとも今すぐどうこうという状態ではありません。何もしなくても病巣が消えた例だってあります。とにかく、気をしっかり持ってくださいね」

「わかりました……ご配慮、感謝いたします」

呆然《ぼうぜん》としたまま病院から出た麻有子は、そのままタクシー乗り場に向かった。まだバスも走っている時間ではあったが、とてもじゃないが車内の混雑に耐えられそうになかった。

麻有子の正恵に対する感情は、一般的な娘が母に向けるものとはかなり異なり、それについて麻有子はいつも罪悪感を抱いてきた。特に、感情を真っ直ぐにぶつけてくる葵を見ると、感情そのものもさることながら、親子であっても素直に表すことができない自分が人でなしのように思えてくる。

鈴子に母を引き取ってくれと言われたとき、地獄絵図を思い浮かべた。迎えになんて行かずにおこう。姉に何を言われても、知らぬふりを決め込めば、葵との穏やかな暮らしが守れると思ったのだ。にもかかわらず、結局迎えに行ってしまったのは、仕事上のメリットもさることながら、人としてあるべき姿を蔑《ないがし》ろにできなかったからだ。

母への感情が歪めば歪むほど、それを外に出すまい、出してはならないという思いが高まった。薄汚い自分を誰にも知られたくなかった。その裏には、自分がまっとうな人間であることを証明したい気持ちがこもっていたのかもしれない。

そして始まった正恵との暮らしは、麻有子の予想よりは過ごしやすいものだった。

正恵の言動はかつてよりも遥《はる》かに和らぎ、今のところ目立った衝突はない。それでも、同居生活が始まって一ヶ月半が過ぎてなお、麻有子は油断していない。

――だまされては駄目。この人は休火山だ。噴火の間合いが長引いているだけで、永遠に噴火しないわけじゃない。休止期間が長ければ長いほど、噴火したときに受ける衝撃は大きいのだから……

常に頭にそんな思いがあり、警戒を解くことができなかった。とにかく母には関わるまい。極力母を見ず、彼女について考えないようにすれば、心をかき乱されることはない。そう信じ、距離を置くようにしてきたのだ。

鵜飼総合病院を初めて受診した日、帰宅した正恵は検査をしてきたと言っていた。にもかかわらず、麻有子は結果について訊ねることすらしていない。普通ならば、母親が検査をしてきたと言えば、結果を気にする。もっと言えば、あの大きな薬の袋を見たとき、少なくともそれが何の薬かぐらい確かめたはずだ。たとえ本人が答えなかったとしても、薬袋には薬品名が書いてある。パソコンを立ち上げて検索窓に打ち込むだけで、たちどころに効果効能がわかっただろう。

さらに、日帰りで正恵の見舞いに行った日、病室に入ってきた看護師はなにか言いたそうにしていた。あれは、正恵の病気について触れたかったのではないか……

ヒントはいくらでも転がっていた。それなのに、麻有子はまったく気付かなかった。考えようともしなかった。それぐらい、母に関わることが嫌だったのだ。

加藤に呼ばれ、病気について聞かされたときですら、驚きはしたものの、頭のどこかに『因果応報』という言葉が浮かんだ。

一緒に住んでいる人間が難しい病気に罹っていると聞かされたら、普通は心配する。それが自分の母親ならなおさらだ。因果応報と思うなんて、あり得ない話だった。

頭痛で伏せっている娘のためにうどんを作る。しかも、自分は病院から帰ったばかりで、疲れていたにもかかわらず……。それは、思い遣りに溢《あふ》れた母親の行為そのものだ。

それなのに、麻有子は、ただの見せかけ、人なんてそう簡単に変わるもんじゃない、としか思わなかった。

母に会えば過去の傷が疼《うず》いた。いっそ絶縁してしまいたいと願いつつも叶《かな》わず、冠婚葬祭などで顔を合わせるたびに傷が増えた。古傷を庇《かば》い、新たな傷から滲《にじ》む血を押さえつつ、遠く離れた町に逃げ帰り、せめてこの血が止まるまで会わずにすみますようにと祈る。そうやって、麻有子は生きてきたのである。今更、家族一丸となって立ち向かえと言われても戸惑うばかりだ。そもそも、麻有子にとって母はとっくの昔に家族ではなくなっている。

あの人がこの世からいなくなったら、私は泣くのだろうか――

父の葬儀のとき、涙ひとつ見せることなく座っていた母の姿が思い出された。

あのとき麻有子は、この人はなんて冷たい人だろうと思った。だが、もしも近い将来、母を送る日が来たとしても、自分も悲しめないかもしれない。それどころか、もうこれで終わりだ、二度と煩わされることはない、とほっとするだろう。それではまるであの人と同じではないか……

一番似たくない人に、一番似たくないところで似てしまう。受け入れがたい現実に、麻有子は打ちのめされる思いだった。

第五章　近づく距離

母との同居が始まってから四ヶ月、季節は冬から春へと巡ったが、三人の生活に大きな変化はない。

麻有子は依然として学芸員の仕事に追われ、受験まで一年を切った葵は勉強に、家事にと忙しい日々。それでも、夏の総体で茜が部活を引退したら、ふたりで勉強会ができると楽しみにしている。

正恵は月に一度のペースで鵜飼総合病院に通っているが、主治医の加藤から連絡がないところを見ると、病状に大きな変化もないのだろう。

本人が診察内容について触れることはなかった。麻有子の予想では、姉にも告げていないと思われる。さもなければ姉は、電話なりメールなりで大騒ぎをしたはずだ。

鈴子は同居を始めた当初、週に一度は母の様子を訊《たず》ねてきていた。だがそれも、二月の半ばごろには激減、月に一度がせいぜいという頻度になった。おそらく、息子の受験でそれどころではなくなったのだろう。

三月の終わり頃、母が入学祝いを贈りたいというので、麻有子の分も合わせて現金書留を送ったものの、どの学校に入るのかは聞いていない。大得意で言いふらさないところをみると、姉のお眼鏡に適う学校ではなかったのかもしれない。

五月に入ったある日、夕食の片付けを終えた麻有子は、そのまま居間で持ち帰り仕事をしていた。いつもなら自分の部屋でやるのに居間にいたのは、資料がたくさんあり、広いテーブルを使いたかったからだ。

ちなみに正恵は、仕事を始めた麻有子を見て二階に上がっていった。時計の針は九時を回っているから、もう眠っているだろう。

しばらくして、区切りのいいところまで作業を終えた麻有子は、一息入れようと立ち上がった。

そこにやってきたのは葵である。勉強の合間に飲み物を取りにくるのはよくあることだったので、特に気にも留めずにいたが、冷蔵庫を開けるでも、お茶を淹《い》れるでもなく、ただ麻有子の様子を窺《うかが》っている。なにか話したいことでもあるのかと訊ねてみると、正恵のことだという。

「お祖母ちゃん、ここで寝てもらったほうがいいのかもしれない」

唐突に切り出された内容に、麻有子はきょとんとした。

テレビも見られなくなるし、冷蔵庫の開け閉《た》てにまで気を遣うことになる。それでいいのか、と確認すると、葵は、考え考え答えた。

「このごろあんまりテレビも見ないし、台所を使うのだって気をつければそんなに音は立てずにすむでしょ？」

「まあ、お祖母ちゃんは一度寝ちゃったら、音なんて気にしないかもしれないわね」

「確かに寝付いちゃったらそうかもしれないけど、問題は寝るまで。なんかお祖母ちゃん、この頃あんまり眠れてないみたいな気がするんだよね……」

「え、そうなの？　いつも盛大に……」

鼾《いびき》をかいて……と続けかけて、麻有子は言葉を切った。

そういえば、ここしばらく母の鼾を聞いていない。この家に来た当初は、あまりにもすごい鼾に驚かされ、数日間は隣の部屋で眠るのが辛《つら》かったほどだ。けれど、近頃は正恵の鼾を気にしたことがない。てっきり自分が慣れてしまったのかと思っていたが、音自体がしなくなっていた可能性もある。

「もしかしてお祖母ちゃん、鼾をかかなくなった？」

「その可能性もあるけど……」

人間がどういうタイミングで鼾をかくのかはわからない。だが、正恵の場合、眠っているときはかなり頻繁に鼾をかいているような気がする。特に、寝入りばなは……と葵は言う。

「夜中にお祖母ちゃんの部屋の前を通ったりすると、かなり豪快な音がしてるよ。だから、鼾をかかなくなったっていうより、寝付くのが遅くなってるんじゃないかな」

「九時には布団に入ってるのに……？」

「だから、私たちがばたばたしてるから眠れないんじゃない？　私もお母さんも部屋に入ったらそれっきりってわけじゃないし、お祖母ちゃんとお母さんの部屋は襖《ふすま》一枚でしょ？　パソコンのキーを叩《たた》く音とか、資料を捲《めく》る音も気になるかもしれない。それならいっそ、下で寝てもらうほうがいいのかも」

「そんなものかしら……」

「ちょっとお祖母ちゃんに訊《き》いてみていい？　まだ鼾が聞こえてなかったから、たぶん起きてると思うんだけど……」

「もし起きていたらね」

そして、麻有子と葵は連れだって階段を上がった。

電気を点《つ》けずに麻有子の部屋に入り、正恵の部屋との境の襖をほんの少し開けてみた。眠っていたらそのまま閉めるつもりだったが、開けるか開けないかのうちに正恵の声が聞こえた。

「だれ？」

それに答えたのは葵だった。

「私。ちょっと訊きたいことがあるんだけど、いい？」

「葵ちゃんか。なに？」

やはりまだ眠っていなかったのだろう。正恵は枕元の電気スタンドを点け、布団から起き上がった。

「お祖母ちゃん、もしかしたらここって寝づらい？　下で寝たほうがいいかな？」

「え、どうして？」

「お祖母ちゃん、近頃よく眠れてないみたいだから、私たちがうるさいせいかなーって気になったの」

そこで正恵は、はっとしたように葵を見た。まさか、すぐ隣にいる麻有子ではなく、葵が気付くとは思っていなかったのだろう。

「気付いてくれたのね……」

「やっぱりそうだったんだ。ごめんね、お祖母ちゃん」

「違うのよ。うるさくて眠れないわけじゃないの。問題は音じゃなくて……」

「音じゃなくて？」

「明るさなの。外から入ってくる灯《あか》りが気になるのよ」

その点、下の和室なら大丈夫かもしれない、と正恵は言った。

「そんなに明るいかな……」

そう言いつつ、葵は窓の外に目をやった。ぴんとこない顔をしているが、麻有子にはなんとなくわかった。言われてみれば確かに、正恵の家に比べてこの部屋はずいぶん明るい。

繁華街ではないにしても、ここは東京だ。街灯の本数も多いし、一本一本が明るい。

未《いま》だに切れかけた白熱電球が残っているような正恵の家の周囲とは全然違う。さらに、この部屋は道に面しているため、街灯の白い灯りが部屋の中に差し込んでくる。暗い夜に慣れている正恵には、気になるかもしれない。

「寝付きが悪いせいか、寝起きもすっきりしないのよ。ぐったり疲れてる気がして。おかげでついつい炬燵《こたつ》に入りっぱなしになったりして……」

正恵が嘆くように言う一方、葵は視線を天井に向け、記憶を探るような顔をしている。かと思うと、おもむろに押し入れを開け、なにかを探し始めた。

「あ、あった！」

しばらく引っかき回したあと、葵が歓声を上げた。

彼女が見つけたのは厚手のカーテン、この家に引っ越してきたときに新しく買ったものの使わないまましまってあったものだ。

きれいな緑色に惹《ひ》かれて、麻有子が自分の部屋用に選んだのだが、実はレベルの高い遮光カーテンで外の光が一切入ってこない。おかげで朝になっても部屋は暗いまま、うっかり寝過ごす、ということが二度、三度と続いて、とうとう買い換えざるを得なくなったという代物だった。

「明るさが気になるなら、これを使ってみたらどうかな？」

「そうか……遮光カーテンなら街灯の光も入ってこなくなるわね」

麻有子の言葉に、葵は得意げに頷《うなず》いた。

「でしょ？　お祖母ちゃんの部屋の窓には少し長いかもしれないけど、短すぎるよりはいいよね？」

早速つけてみよう、ということで、葵は通りに面した窓のカーテンをかけ替え始めた。すぐに麻有子も手伝い、あっという間にカーテンの交換は終わった。

「お祖母ちゃん、これでどうかな？」

そう言うなり葵は廊下と部屋を隔てる襖を閉め、続いて枕元のスタンドも消した。部屋は真っ暗闇だった。すぐに葵がスタンドを点け直してくれたからいいようなものの、そうでなければ鼻をつままれてもわからないだろう。もちろん、街灯の光など一条も差し込んでいない。

葵は何度もスタンドを点けたり消したり、さらにカーテンを開け閉めし、部屋の明るさを確かめたあと、正恵に訊ねた。

「これで、なんとか眠れそう？」

「ああ、これならなんとか……。今は、こんなにいいカーテンがあるのね」

ところが正恵は、口ではそう言いつつもどこか不安そうにしている。理由を訊ねてみると、今度は朝が心配だと言う。

「あなたたちも起きられなかったんでしょう？　じゃあ私も……」

「そんなの気にすることないよ。私やお母さんは朝起きられなかったら困るけど、お祖母ちゃんは学校や仕事に出かけなきゃならないわけじゃないし」

そうじゃなくても早起き過ぎるぐらいなんだから、部屋を暗くすることでしっかり眠れるなら、そのほうがいいに決まっている、と葵は力説した。

「でも、それじゃあ朝ご飯の支度とか……」

三年生になり、さらに受験勉強が忙しくなったため、これまで葵が受け持っていた家事を正恵が引き受けてくれるようになった。朝が遅くなると家事がおろそかになる、特に朝ご飯がしっかり作れないのは問題だ、と正恵は心配そうに言った。

「お祖母ちゃんが寝坊したときぐらい自分たちでやるよ。これまでだってそうしてきたんだし。あ、でも、起きるのが遅くなると夜また寝られなくなっちゃうか。それは困るね」

もしも目が覚めなかったとしても、私が出かける前には必ず声をかけるようにする、と葵は笑顔で言う。

「私たちが起きてもお祖母ちゃんが寝てるようなら、部屋を覗《のぞ》きにくるよ。そうじゃなきゃ、一緒に住んでる意味がないもの……っていっても、その時間までお祖母ちゃんが寝てるとは思えないけど」

正恵の起床時間は午前六時前後である。それは昔からの習慣で、この家に来てからも変わっていない。おそらく外からの光の有無とは関係なく、その時間になると目が覚めるのだろう。だからこそ、眠りに就くのが遅くなるのが辛かったに違いない。

「ってことで、寝室はここで大丈夫？」

「そうね、これぐらい暗いなら……」

　正恵がそう言いかけたとき、外を救急車が走りすぎた。サイレンの音を聞いた正恵が不安そうに言う。

「あら、なんだか、サイレンの音が小さく感じるわ。いよいよ耳が遠くなったのかしら……」

　聞いたとたん、葵が吹き出した。

「大丈夫、私もいつもより小さく聞こえたよ」

「え、あ、そう？　ならよかった……」

「たぶん、音も防ぐタイプなんだよ。そうだよね？」

　葵に確かめるように顔を覗き込まれ、麻有子は大きく頷いた。

「このカーテン、遮光性だけじゃなくて、遮音性も一級で、かなりの高級品なのよ」

「お母さん、そんな高級品なのによく買ったね」

「処分品だったの」

　ホームセンターにカーテンを買いに行ったとき、麻有子がこれを選んだのは色だけではなく、でかでかと貼られていた『半額』シールのせいでもあった。お気に入りの色の上に半額とあって、大喜びしたものの、値札を見たら案外高かった。

　おそらく機能性が高く、元々高価なカーテンだったからだろう。なぜこんなに高いのだろう、と思っていたが、ラベルを読んでみると遮光性も遮音性もハイレベル。それならお得だ、と納得した上で買い込んだのだ。

「半額処分でも普通のカーテンぐらいの値段だったの。でも予算内だったし、いいものなら長く使えると思って買ったのよ。まさか、それが仇《あだ》になるなんて思いもしなかったわ」

やれやれ、とため息をつく麻有子を慰めるように葵が言う。

「いいじゃない。こうやってちゃんと役に立つんだから。これでお祖母ちゃんはゆっくり眠れるし」

しかもリフォーム費用〇、と人差し指と親指で輪を作られ、麻有子は苦笑いしてしまった。

「そうね、先行投資だったと思うことにするわ」

「ってことで、一件落着。よかったね、お祖母ちゃん」

「ありがとうね、葵ちゃん」

ごく自然に漏れてきた母の言葉を聞き、麻有子はあっけにとられた。

正恵はもともと頻繁に礼の言葉を口にする人ではなかった。黙って頭を下げるぐらいが関の山、娘や孫に「ありがとう」という言葉を使うことはなかったのである。

「どういたしまして。じゃあ私も戻るね」

驚いている麻有子をよそに、葵は自分の部屋に戻っていった。明日は日曜日、夜更かしして大丈夫ということで、もうひと頑張りするのだろう。

葵の部屋のドアが閉まる音を聞いたあと、正恵がしみじみ言う。

「やっぱり、女の子っていいものね……」

「え……でも、お母さんはずっと、女の子は心配が多くて大変、男の子のほうがいいって言ってたじゃない」

麻有子にしてみれば、正恵はことあるごとに鈴子を持ち上げ、男の子を産めなかった麻有子を貶《おとし》めるような発言をしてきたくせに、何を今更であった。

だが、正恵はなんだか遠い目をして呟く。

「それはあれよ……羨《うらや》ましかっただけ」

「羨ましい？　なんで？」

「私も女の子しか産めなかった。ずっと、男の子を産めなかったことに引け目を感じてたのよ。だからこそ、鈴子が男の子を産んだときは大喜びだったし、安心もしたわ。これで鈴子は大丈夫だ、って……」

「それってもしかして、跡取りとかそういう話？」

「そうよ。私はお父さんから見れば跡取りが産めない嫁。でも鈴子はふたりも産んだ。これなら、大輔さんだって文句は言えないだろうって」

「文句って……お父さん、お母さんに文句を言ったの？」

「……まあね。それでも、鈴子のときはまだよかった。一姫二太郎って言葉もあるし、最初の子どもは女の子のほうが育てやすいだろうってお父さんも言ってくれた。次に男の子を産めばいいって……。それなのに、ふたり目も女の子。お父さんはものすごくがっかりしてた」

麻有子はお腹の中でとても元気に動く赤ん坊だった。だから、きっと男の子だろうと信じていたそうだ。にもかかわらず、いざ生まれてみたら女の子だった。父は落胆し、そのころから家に寄りつかなくなっていったそうだ。

「あなたの父方のお祖父ちゃんは実業家で、住んでいる家の他にアパートやマンションも持っていたの。家賃収入だけでもけっこうなものだったらしいわ。お父さんは長男だったから、いずれはそれを相続するつもりだったみたい。でも、相続の条件は息子がいること、つまりお父さんの次の跡取りがちゃんといることだったのよ。でも、うちは……」

「ふたり続けて女の子、これじゃあ相続はさせてもらえないってこと？」

「そう。息子ができなければ家を継ぐことができない。それなのにお母さんは三人目は無理だって言う。それであの人は、よそに女を……」

きっとお父さんは外で子どもを作ろうとしていたのだろう。もし男の子が生まれていたら、その段階で離婚された可能性もある、と母は遠い目で言う。

「幸か不幸か、子どもはできなかったみたいだし、そのうち病気になっちゃった。そうこうしているうちに、お父さんの弟に息子が生まれて、結局今は、家屋敷を含めて全部弟が相続したみたい」

「そんなのひどすぎる……」

麻有子は初めて、母に同情した。

麻有子が物心ついたころには、既に母と父方の親戚《しんせき》は交流していなかった。だから、祖父母の記憶もないが、鈴子はうっすらと覚えているらしく、時折話をしてくれた。姉によると、祖父母は男尊女卑の考え方が強い人で、鈴子ですらまともに相手にされなかったという。

それなりの稼ぎがあったにしても、家賃収入は邪魔にならない。もともと遊び好きだった父には、なおさらだろう。それなのに男の子は生まれず、あてにしていた賃貸物件はもらえない。

それはすべて祖父母、いや祖父の決めたことだというのに、父は母のせいにしてしまった。男の子を産まないのが悪いと……。挙げ句の果てに浮気三昧《ざんまい》、放蕩《ほうとう》三昧となったら、母が父を恨みたくなるのも当然だった。

正恵のひとり言のような話は続く。

「考えてみれば、あなたも気の毒よね。お父さんは、鈴子のときはそれなりにかわいがってくれた。でも、あなたのときは世話どころか、ろくに抱いてもくれなかった。私はあなたをお父さんの分までかわいがってあげようって決めてた。それなのに、帰ってきてもくれない、家にお金もちゃんと入れてくれないお父さんを見ているうちに、どんどん気持ちが悪いほうにいってしまった。全部、この子が悪い、この子さえ男の子だったら、って……」

それがすべての始まりだった、と正恵は言う。

「最初のころは、立て直せるって信じてたの。好きで一緒になった人だもの、すぐに嫌いになんてなれないし、なりたくもなかった。一生懸命、楽しかったころのことを思い出して頑張った。でも、お父さんの気持ちは外を向いたまま、そのうち家に寄りつかなくなって、お金もどんどん足りなくなって……」

家事、育児、生活費……すべてが自分の肩にかかるようになり、将来への不安は高まる一方だった。もちろん、父の両親の援助など望めなかった。そんな生活が続くうちに、なぜ私がこんな目に遭わなきゃならないのだという疑問が湧き、夫への愛情が薄れていった、と正恵は言う。

「麻有子が三歳になるころには、私はすっかりお父さんのことを嫌いになってた。お父さんが帰ってこないとほっとしてたぐらいよ。だって、顔を合わせれば喧嘩《けんか》になるんだもの。それなのに、あなたは、大きくなるにつれてお父さんそっくりになってくるし……」

この顔は見たくない。でも見ないわけにはいかない。顔を見るたび、父親のような自分勝手な人間にさせてはいけないという思いが高まる。

よくよく気をつけないと、父親みたいな人間になってしまう——麻有子にも自分にもそう言い聞かせ、まっとうな人間になるべく口やかましく注意した。でも、本当はわかっていたのだ。自分は、夫にそっくりな麻有子に辛く当たることで、ストレスを発散させているのだと……。

正恵は、オレンジ色の光を放つスタンドを見つめたまま語り続けた。

「あなたが小学生ぐらいになってくると、自分の汚い気持ちをあなたに見透かされているような気がしてきたわ。あなたは私に何を言われても、反論しなかった。ただ、時々じっとこっちを見るだけ……。その眼差《まなざ》しがまたお父さんそっくりで……」

麻有子の父親は頭だけはいい人だった。それは自分自身をかなり優秀だと思っていた正恵ですら認めざるを得ない点で、言い合いになれば必ず理屈でねじ伏せられた。言い負けるたびに、なんだかあざ笑われているような気がした、と正恵はため息まじりに漏らす。

「この子は眼差しまでもあの人にそっくりだ。きっと私のことを見下しているのだろう……。いったんそう思っちゃったらもう駄目。だから、あなたが進学のために上京すると言い出したときは、ほっとしたわ。これであの人そっくりの姿を見ることも、あんな目で見られることもなくなるって思ったの」

「ちょっと待って、それは変よ」

さすがに反論せずにいられなかった。なぜなら、東京の大学に進学したい、と言ったとき、母は頭ごなしに反対したからだ。

「お母さんは、私が上京しようとしたときに止めたでしょう？」

地元にも大学はあるのに、わざわざ東京に行きたがる気が知れない。きっと親から離れて遊びたいからだろう。そんな子に生活費を送る必要はない。そもそも頼る人もいない、テレビでしか見たことがない都会で、ひとりで暮らしていけるわけがない、とまで言われたのだ。

それでも麻有子は上京した。母に、それみたことかと言われたくない一心であの苦しい生活を乗り切ったのだ。

麻有子の上京に安堵《あんど》したという正恵の言葉は、あのときと矛盾しているとしか思えなかった。

「本当は、家事をする人がいなくなるのが嫌だったんじゃないの？」

「否定はできないわ。お母さんは家事が大好きと言うよりも、家の中がきちんとしていないことが嫌だった。だから、あなたがいなくなったら全部自分でやるしかないし、それが負担じゃなかったと言ったら嘘よね。それまでは半分以上あなたに任せていたんだもの。でも、本当はもっともっと薄汚い理由だった……」

「薄汚い？」

家事のために、家から出たがっている子どもを阻む。それは既に、親として十分『薄汚い』理由だ。麻有子は、まだこの上があるのか、とうんざりしてしまった。

正恵は、過去を見るような目で話し続ける。

「私はあのとき思ったの。この子の躾《しつけ》はまだ終わってない。それはこの子が私を見る目でわかる。この子には親を敬う気持ちが一切育ってない。人間として未完成過ぎる。今出て行かせたら、きっと外で失敗する。父親のように後ろ指をさされるようなことをしでかすだろうし、そうなったときに責められるのは私。私は『親の顔が見たい』と言われるのが恐かった……」

ちゃんとした大人になるまで手を離してはならない、という気持ちと、どうなってもいいからこの目から逃れたいという気持ちがせめぎ合い、自分でもどうしていいかわからなかった。結局、麻有子は何を言っても聞かず、逃げ出すように東京に行ってしまった。その時点で、正恵はもうこの子が戻ってくることはないと悟ったという。

「あなたは私が嫌いだった。そりゃそうよね。たとえ鈴子と一緒にいたずらをしても、自分だけが叱られるし、家事ばっかりやらされる。テストの時ですら、家事を優先させたわね。きっと、どうして私ばっかり、って思ってたでしょう」

どうして私ばっかり……

その思いは常に麻有子の中にあった。

うんと小さいころ、おそらく小学校に入るぐらいまでとは思うが、姉に誘われるままにいたずらをしたこともあった。当時、いたずらという認識があったかどうかも怪しいが、鈴子の言うとおりにした結果、正恵にこっぴどく叱られた。鈴子が、自分は叱られないとわかっていてやったとしたらひどすぎる話だが、おそらく彼女は何も考えていなかったのだろう。

そんなことがずっと続き、そのうち自分がやらされているのは『いたずら』だと気付いた麻有子は、姉の誘いに乗らなくなった。おかげで『いたずら』が理由で叱られることはなくなったが、鈴子との扱いが違うことに変わりはなく、門限に遅れようものなら嫌みたらたら。ひどいときには二日も三日も口をきいてもらえなかった。その門限自体、鈴子には設定されておらず、麻有子だけ。しかも、高校生になっても『日没まで』という厳しいものだった。学校行事の準備や部活といったやむを得ない理由であっても、門限に遅れれば、暗くなっても外にいるような娘はろくなものではない、やっぱりあなたは……と叱られた。

姉との待遇の差は大きく、将来改善される見込みもない。そんな日々はさらに麻有子の家から出たいという気持ちを煽《あお》った。

家から出たい一心で、勉強に励んだ。だからこそ、それなりの大学に進めたし、学芸員にもなれたのだ。母への敵愾心《てきがいしん》がなければできなかったことかもしれない。

ある意味、今の自分があるのは正恵のおかげ。だが、麻有子はとてもじゃないが、素直にそう考えることなどできなかった。

この人とは一生わかり合えないと思って生きてきた。母の病を知らされた日、このまま別れることになっても悲しめないかもしれないと思った。それと同時に、人としてあるまじき感情を抱いた自分に打ちのめされた。

あれから三ヶ月、実は麻有子は自分の感情と戦い続けていた。

過去を思えば、今の母との暮らしはあり得ないほど平和だ。このまま何も考えずに、最後の瞬間を迎えることは難しくない。けれど、麻有子の指先には今も折れた棘《とげ》が刺さったままだ。そして、そこに棘がある限り、押さえつけられて悲鳴を上げる危険は去らない。

過去麻有子は、棘の痛みに耐えかねて母から遠く離れた。すべてなくなることはないにしても、顔さえ合わせなければ頻度は減るだろうと信じて逃げ出したのである。姉に母を引き取ってくれと言われたときは、痛みの再来に怯《おび》えた。きっと母は、何食わぬ顔で棘が埋もれた皮膚を押さえつけるだろうと……

ところが、再び一緒に暮らすようになった母は、以前とはずいぶん変わっていた。発言も、行為そのものも、かつて全力で麻有子の指を押さえつけたのと同じ人とは思えなかった。

しかし、その結果わかったのは実に皮肉な事実だった。母の言動にかかわらず、痛みは生じる。棘を押さえつけるのは母自身ではなく、母にまつわる記憶そのものだと気付かされた。

記憶をすべてなくさない限り、この痛みからは逃れられないのか、と麻有子は絶望しかけていたのである。

けれど、今、目の前で長々と語り続ける正恵を見ているうちに、麻有子の心に小さな希望が芽生えた。

――記憶を消すことはできなくても、二度と浮かび上がらないようにすることはできるかもしれない。私たちは今、かつてないほど穏やかに暮らしている。この暮らしが長く続けば続くほど、新しい記憶が集積され、古い記憶への重石《おもし》となってくれるのではないか。この人は今まで、私の言うことなど聞こうともしなかったし、建て前ばかりで本音を語ることもなかった。だから、私自身が母の言葉や振る舞いを、悪い方へ悪い方へと取っていた可能性は否めない。もしそうだとしたら、お互いに胸を開き、すべてを語り合うことで誤解を解き、嫌な記憶そのものをなかったことにできるかもしれない。でものんびりはしていられない。主治医の加藤は、今すぐどうこうなるような状況ではないと言ったけれど、急変しないとは限らないのだから……

母ととことん話をしようと決めた麻有子は、まずは鈴子について訊ねてみることにした。

「どうしてお母さんは、あんなにお姉ちゃんに甘かったの？」

努めて冷静になろうとした。けれど、どこか声に非難が混じっている気がする。なにより、本人を前に長年の恨み辛みを全部消し去ることは難しかった。

正恵はため息をひとつ吐き、静かに頷いた。

「そうね……そう言われても仕方がないわ。でも、お母さんにはできなかったの」

「だから、どうして？」

「それは……」

そう言ったあと、しばらく正恵は黙って考え込んでいた。そして、長い沈黙のあと正恵の口から出てきたのは、麻有子の問いとは無関係としか思えない言葉だった。

「お母さんね、本当はあなたたちの他にも子どもがいたの」

「えっ⁉」

麻有子は愕然《がくぜん》とした。父ならまだしも、母に隠し子がいるなんて、考えられない。目を点にしている麻有子を見て、正恵は声を立てて笑った。

「そんな顔しないで。隠し子じゃないわよ。ちゃんと、お父さんの子ども。鈴子の前にふたり、でもどっちも四ヶ月になる前に流産しちゃった」

立て続けにふたりの子どもを失ったあと、正恵には『不育症』という病名がついた。子どもはできるが育たない。ある意味、まったくできないよりも辛かったと正恵は遠い目で言った。

「男も女もない、そもそも産めないかもしれない。それはすごいストレスだったわ。鈴子ができたときも、半分ぐらいは諦《あきら》めてた。どうせだめだろうって。それでもあの子は生まれてきてくれた。産声を聞いたときは、私も声を上げて泣いたわ。あんまり泣くものだから、先生も看護師さんも困ってた。それぐらい嬉しかったの」

もちろん、父も喜んだ。ひとり産めたのだから、もうひとり産めるかもしれない。そして、次こそは男の子を――と。

「あの人は鈴子をかわいがってくれたし、私はものすごく幸せだった。ふたり目もほしいと思ったらすぐに妊娠した。体質が変わったんだな、神様、本当にありがとう、って感謝したものよ。それなのに、女の子だとわかったとたん、あの人は豹変《ひょうへん》した。そして……」

姉はあらゆる意味で待望の子どもだった。そして、麻有子は失望の証《あかし》。その事実に、麻有子は改めて打ちのめされる。けれど、ここでやめるわけにはいかない。麻有子は覚悟を決めて、続きを待った。母は遠い目のまま語り続けた。

「鈴子はとてものんびり屋だった。なにもかもが他の子よりも遅くてね……」

寝返り、お座り、ハイハイ……赤ん坊は成長に従っていろいろなことができるようになっていくが、鈴子はそのすべてが遅かった。十ヶ月まで歯が生えなかったし、つかまり立ちは一歳すぎ、歩けるようになったのは二歳近くになってからだったそうだ。

正恵は検診のたびに不安を訴えたが、その都度、赤ん坊の成長は個人差が大きい、遅くてもちゃんとできるようになっているのだから問題ない、と言われたそうだ。

「のんびりは個性なんだから丸ごと受け入れてあげてって言われたわ。散々悲しい目をしてやっと授かった子どもじゃない、精一杯愛してあげて、って……。今にして思えば、あれが諸悪の根源だったんでしょうね」

ただ受け入れるだけではだめ、人として教えなければならないこともある。それがわからずに、本当に『ありのまま』で育ててしまった。できないことはできないままに、仕方ないわね、きっといつかはできるわよ、と微笑み、歯を磨くのを嫌がっても、好き嫌いが激しくなっても、とがめ立てしなかった。それどころか、父親が愛用していた湯飲みを割っても、叱られるのがかわいそうで自分がやったことにした。誤って落としたわけではない。明らかにいたずら、面白がって階段の上から投げ落としたにもかかわらず、である。

「『ありのまま』って言葉を、完全に勘違いしたのね。なにができなくてもいい、人と同じじゃなくていい。この子が産まれてくれたこと自体が、奇跡みたいなものなんだから……って自分に言い聞かせちゃったの」

鈴子は気に入らないとすぐに泣き出したし、なかなか泣き止まなかった。彼女の泣き声を聞くと、正恵自身が胸を締め付けられるような気がしたという。

「あの頃の私は、鈴子が泣かずにすむように、いつも機嫌良くしていられるようにってことしか考えなかった。鈴子が叱られないように嘘をつくことも平気だった」

親が子を叱る意味すらわかっていなかった。同じことをやっても、気分次第で叱ったり叱らなかったりした夫のせいもあっただろう。だが、それ以上に、鈴子に嫌な思いをさせたくなかった。だから、ありとあらゆることから鈴子を庇《かば》い、すべてを自分のせいにした。

気付いたときには、鈴子はすっかり我《わ》が儘《まま》になっていた。気に入らないと拗《す》ねたりふくれたり、嫌なことは絶対にやらない。さすがに、これではだめだと思って言い聞かせようとしても、泣きわめいて聞き入れない。

床に転がって泣き叫ぶ姿を見るに堪えず、また機嫌を取る、の繰り返し……

「あの子が嫌がることは全部私がやったわ。勉強もそう。宿題だって難しい問題は全部代わりに解いた」

「それじゃあ、できるようになんてなるわけないじゃない」

「そのとおり。だから鈴子のテストはいつだって悲惨な点だった。でも、宿題はちゃんとやってるし、提出物を忘れることもなかったから、なんとか下の上ぐらいの成績をもらっていたわ」

「もしかして……お姉ちゃんが寝ちゃったあと、代わりに宿題をやってたとか？」

「出かけて帰ってきたあととかのこと？　何度かそういうこともあったわね。あの子は私のところにドリルやらプリントやらを持ってきて、よろしくーって……」

それで合点がいった。

麻有子はかつて、なぜ姉は宿題を放り出して寝てしまえるのだろうと思っていた。けれど、自分が寝てしまっても、母が代わりにやってくれることがわかっていればさっさと寝られるし、叱られる心配がないのだから平然と登校できるに決まっている。

「学校の先生にしても、一生懸命やってるのにできないんです、って項垂《うなだ》れられたら叱るわけにいかなかったんでしょうね。あの子は殊勝なふりだけは得意だったから」

確かに鈴子はそんな『演技』がうまかった。学校というところは最大限に努力を評価するところだから、努力していても結果を出せない子どもにはひどく寛容だ。中には、疑ってかかる教師もいただろうけれど、母親に『ちゃんとやってるのに、ちっともできるようになりません。もともと覚えの悪い子なんです』とでも言われてしまえば、反論の余地がない。補習のために特別な課題を与えたところで、それすら正恵がやってしまいかねないと思ったら、なす術《すべ》もなかっただろう。

「勉強が苦手なら違う方面で、って思ったことはないの？」

麻有子の素朴な疑問に、母は悲しげな視線を返した。

「もちろん思ったわ。絵がうまいかもしれない、ピアノはどうかしら、駆けっこやダンスは？　もしかしたらお裁縫ならできるかも……って。でも、そのどれもあの子はやりたがらなかった」

「やってはみたのね」

「あなたは小さすぎて覚えてないかもしれないけど、鈴子を連れていろいろなところに行ったわ。でもあの子の興味を引くものはなかったの。そのうち仕事は忙しくなるし、お父さんは帰ってこなくなるし、で諦めざるを得なくなった……」

正恵は全国展開している大手スーパーで働いていた。最初はパートだったが、真面目な勤務態度を認められ、任される仕事が増えていった。麻有子が三歳になったころに社員への昇格を打診され、受け入れた結果、勤務時間も負うべき責任も増えていった。すべてに首を横に振り続ける鈴子に、新たな提案をすることができなくなってしまったそうだ。

「正直、家事ぐらい手伝ってほしかった。だから何度かあの子にやってもらおうとしたんだけど、とにかく下手なのよ。お皿を洗わせても汚れが残ってるし、注意すると『じゃあもうやらない！』ってどこかに行っちゃう」

「そんなの子どもなら当然じゃない。誰だって、最初は上手くできないし……」

「あのときの私はとにかく時間がなくて、おまけに鈴子は私が洗い直したり、注意したりしたらてきめんに機嫌が悪くなった。あとで機嫌を取ることを考えたら、最初から自分でやったほうがいい、って思っちゃったのよ」

結局、鈴子を何もできない子にしたのは私自身だ。だから、責任は自分が取るしかない――

そう考えた正恵は、鈴子が大きくなっても世話をし続けた。それどころか、結婚して家を出たあとも関わり続け、とうとう敷地内同居まですることになってしまったそうだ。

「さすがに毎日毎日新婚家庭に押しかけるのはどうかと思ったけど、私が行かないとあの子のほうからやってきた。そりゃあ大輔さんだって、変に思うわよね。そのうち、俊太がお腹に入って、鈴子は今まで私に家事を任せていたことを告白。開き直った鈴子は、つわりを口実にさらになにもしなくなったわ」

「え、口実だったの？」

「間違いないわね。だってあの子、日中は何でも食べてたし、普通に起きてテレビやインターネット動画を見てケラケラ笑ってた。それなのに、大輔さんが帰ってくるころになるとベッドに潜り込んでさも調子が悪そうにするのよ。あれにはさすがの私も呆《あき》れたわ」

「それって、本当に具合が悪かったわけじゃないの？」

つわりの現れ方は人それぞれだ。夜に限って調子が悪いとか、最悪、夫の顔を見ただけで……とかがないとは言いきれない。

「大輔さんの顔を見て具合が悪くなるってことはなかったはずよ。むしろ、帰ってくると甘えて目も当てられないし、大輔さんもまんざらでもない顔をしてた。あのふたりは、夫婦仲が良いことだけが救いだったのよ」

それすらも、自分がぶち壊しにしてしまった、と正恵は寂しそうに言う。

返す言葉がなく、黙り込んだ麻有子を見て、正恵は無理やりのように笑った。

「というわけで、誰のせいかは別にして、とにかく鈴子は使いものにならなかった。あらゆる意味で、私は失敗したんだって思い知らされた。だからこそ、あなたにはやり方を変えたの」

この子だけはちゃんと育てよう。甘やかさず、家事も教えて、勉強だって頑張らせて、ひとりで生きていけるようにしなければ……。その一心で、とにかく厳しく躾けたのだ、と正恵は言った。

話を聞いているうちに、麻有子は怒りのあまり徐々に自分の表情が消えていくのを感じていた。おそらく今、正恵の目には麻有子の顔は能面のように見えているだろう。

母の話はあまりにも詭弁《きべん》だ。自分を正当化するための、後付けの理由に過ぎない。母はただ単に、放蕩の果てに自分から去った夫が気に入らず、彼そっくりの麻有子を虐げたかっただけだ。それなのにこんな、さも『あなたのためを思って』みたいに言われても、納得できるわけがなかった。

あからさまに不満の表情を浮かべていたのだろう。正恵は麻有子の顔を見て、ふっと笑った。

「……なんて言っても、通るわけがないわね。私があなたでも、はいそうですか、なんて言えない。それに、たとえ私が言ったとおりだったとしても、実際にあなたが違うように受け止めた以上、私の言い訳でしかない。それぐらい、わかってるわ」

本当だったとしても、明らかにやり方を間違えている。今のように、順を追ってきちんと話してくれれば、理解できたかもしれないのに……

麻有子は一瞬そう思った。だが、よく考えればそれは無理な話だ。

年端もいかない子どもに不育症云々《うんぬん》の話なんてできないし、正恵の心情など話したところで理解できなかったに違いない。それでも、大人になってから話してくれれば、という考えも即座に否定する。そのころには母と自分の関係は凍り付き、必要最低限の会話しかしなくなっていた。面と向かってこんな話ができるわけがなかった。

「鈴子は何もできない子。そうしたのは私だから、私が手を貸すしかない。でもあなたは違った。座るのも立つのも歩くのも、他の子よりずっと早かったし、聞き分けも良かった。鈴子みたいに、気に入らないことがあるたびに、床に寝転んで泣き叫ぶことなんてなかったわ」

四歳ぐらいのときに、食器を洗わせてみたところ、裏も表もぴかぴかに仕上げた。試しに包丁と胡瓜《きゅうり》を渡してみたら、真剣な目で切り始めた。途中で、それではちょっと厚すぎる、と注意されても嫌な顔もせず最後まで切り終えたという。

そんな記憶は麻有子にはまったくないが、わざわざ嘘をつく理由はないし、おそらく本当のことなのだろう。

「最初は本当にあなたのためを思ってのことだった。でもお父さんとの仲がこじれていくうちに、どんどんあなたが憎らしくなった。だって、いつの間にかあなたはものすごく料理も掃除も上手になって、通知表も『よくできる』ばっかり。それどころか、コンクールがあるたびに作文や読書感想文の賞状をもらってくるようになった。それに引き替え鈴子は……って私はいても立ってもいられなかった」

鈴子の容姿は正恵に似ている。子どものころからそうだったが、今では声までそっくりだ。

家庭を顧みない夫に似ている上に何事にもそつがない麻有子より、多少不器用でも自分に似ている鈴子をかわいく思ってしまった、と正恵は俯《うつむ》いた。

「年が四つも違うのに、あなたのほうができることが多かった。一緒にいると鈴子の粗ばかりが目に付いたし、それを見るのも嫌だった。だから家事も、あなたに頼むことが増えたんだと思う。あなたに任せておけば、間違いないし、至らない鈴子を目の当たりにする必要もなかったもの」

「そう思ってたわりには、文句が多かったけど？」

胡瓜の塩揉《も》みの件に留まらず、掃除にしても、洗濯にしても、よくできました、なんて褒められたことはない。何かしら文句を言われ、ちょっとした手直しは日常茶飯事だった。

「褒めたら調子に乗って駄目になると思ってた。だから、わざわざ粗を探してたの。それに、ここを直せって言えば、あなたは自分でできた。あなたは『手直し』、鈴子のは『やり直し』。あの子はそれすらやらないことも多かったのよ」

ひどい話だと思った。

子どもというのは、いや子どもに限らず、人というのは褒められたいものではないのか。それを、調子に乗るからなんて理由で見過ごされ、あまつさえ粗探しまでされたのではたまったものではない。おかげで麻有子は、自分はなにをやってもちゃんとできないのだと思い込んでしまった。

家を出てから、友人知人に勉強や家事、仕事について褒められて少しは自己評価も上がったが、そもそも出発点が低すぎてとてもじゃないが平均に達しない。無駄な謙遜《けんそん》、そこまでいくと嫌みの域なんて言われることすらあったのだ。

言いたいことは山ほどある。だが、それよりも今は母の根拠、あの頃の母が何を考えていたかが知りたかった。おそらく母は責められると思ったのだろう。何も言い返さない麻有子を見て不思議そうにしながらも、また口を開いた。

「本当にあなたにはひどいことをしたと思う。でも鈴子については一事が万事、そんな調子だったわ。結局、ろくに家事もできないまま結婚することになった」

「お義兄《にい》さん、よく文句を言わなかったわね」

「大輔さんは、知らなかったのよ。鈴子はごまかすことだけはうまかったから……。さすがに、家事が私任せだったとバレたときにはびっくりしたみたいだけど、そのころにはもう子どももできてたし、これからは自分でやるようにする、って言葉を信じてくれたらしいわ」

　ところが子どもが生まれ、ふたり目ができても鈴子の家事の腕は大して上がらなかった。ようやくなんとかなったのは、息子たちが成長し、育児に取られる時間が減ってからのことらしい。

「俊太が中学校に上がってやっとよ。大輔さんもよく我慢してくれたと思うわ」

　正恵は、時機を逸したとはいえ、とにかく鈴子は独り立ちしたのだから、それでいいと思ったそうだ。ところが、話はそれで終わらなかった。今度は、正恵と大輔の間に問題が生じてしまった。

「家のことを手伝う必要がなくなってから、日に日に大輔さんが私を見る目つきが険しくなっていったの。仕事から帰ってきたときに、私があの子たちの家にいようものなら大変。真顔で『なにか御用ですか？』なんて言われた。それどころか、そのうち鈴子がうちに出入りするのにも文句を言い始めたの。娘の夫にあそこまで冷たい目で見られるなんて、思ってもみなかった。あのままあそこにいても、夫婦喧嘩の原因になるだけ。それで、こっちに来ることにしたの。それで鈴子たち夫婦がうまくいくならって……」

「そう……」

やはり母は、姉のことを考えてこの家に来た。姉のことしか考えていなかったのだと思い知らされ、麻有子は言葉をなくした。

これまで母の心情を聞かされたことはなかった。だからこそ、自分が母を嫌っているのは、もしかしたらすべての要素を最大限悪いほうに想像した結果なのかもしれないと思っていた。

悪い情報はその後の判断を偏らせることがある。なにかことが起こるたびに、それ以前の情報をリセットして公平な目で見られる人は少ないだろう。

子どもの頃はさておき、大人になってから、特に葵を授かったあと麻有子は、母は私が考えるほど、姉妹を不平等に扱っていたわけではないのかもしれないと思った瞬間があった。すべては、最初のボタンをかけ違えた結果に過ぎないのではないかと……。もちろん、次の瞬間には『でも、やっぱり……』となったけれど、少なくともそう考える余地は残されていたのである。

けれど、こんなふうに当の本人の口から語られてしまえば認めざるを得ない。母はやはり、自分と姉を差別していたのだ。

　正面から現実を突きつけられ、麻有子は絶望の淵《ふち》に沈む。今日こそ、とことん話をしようと思っていたはずなのに、その気持ちは見事に霧散してしまった。

　正恵はしばらく反応を窺《うかが》うように麻有子を見ていた。そして、無言で俯く麻有子に長いため息をついたあと、天井近くにかかっている時計を見上げて言う。

「もうこんな時間……邪魔して悪かったわね。仕事に戻ってちょうだい」

「うん……おやすみ」

　辛うじて挨拶《あいさつ》を返し、麻有子は部屋を出た。階段を下りつつも、沈む気持ちをなんとか立て直そうと努める。

――何を今更落ち込んでるの？　とっくにわかっていたことでしょう？　むしろ、僻《ひが》みや思い込みじゃない、私の人を見る目は公平だったって誇ってもいいぐらいじゃない！

　同居したところで母との関係が変わるわけじゃない。母の病気のことを知って、何とかしようと思う気持ちは高まったけれど、長年の軋轢《あつれき》をそう簡単に消せるわけがないのだ。

　幸い今は目立った衝突もない。距離を保ってできる限り関わらずに生きていくしかない。とりあえず今は、仕事をしよう。仕事をしていれば、よけいなことを考えずに済むのだから……

　改めてそう自分に言い聞かせ、麻有子は仕事を再開した。

とりあえず持ち帰りの仕事を無事に済ませて床についたものの、麻有子の眠りは浅かった。

正恵と鈴子が手を繋《つな》いで歩く後ろをとぼとぼとついていく自分。母たちとの距離はどんどん開いていくのに、ふたりは振り返ってもくれない。『待って』と必死に叫ぶ声もふたりの耳には届かない。ただ楽しそうに笑い合って歩いていく母と姉……

断続的にそんな夢ばかりを見て、朝を迎えたときにはぐったりと疲れ果てていた。

頭痛はするし、心なしか熱っぽい。それでも正恵のいる家にいるよりも、仕事に出かけるほうがマシだった。

重い身体を引きずって、なんとか職場に辿《たど》り着く。事務所に入ったとたん、克美に声をかけられた。

「森園さん、あなた、すごく顔色が悪いわよ。大丈夫？」

「ちょっと頭痛が……。でも出がけに薬を飲みましたから、そのうち効いてくると思います」

「ならいいけど、辛いようなら早引きしなさいよ。無理して長引かせるより、さっさと休んで治しちゃったほうが結果的にはいいんだから」

「はい……」

それはわかっている。そもそも、薬を飲んだのは一時間以上前だから効くものならとっくに効いている。少なくとも多少軽くなっていてもいいはずだ。それなのに、未だに頭痛が去らないどころか、徐々にひどくなっているのだから効果は見込めなかった。

ひどい一日になるに違いない、という麻有子の予想どおり、その日は散々だった。あり得ないミスを犯しかけ、すんでのところで克美や他の同僚に救われることが二度三度……それでも頑として帰ろうとしない麻有子に周囲は戸惑っていた。

迷惑をかけていることがわかっていても家に帰りたくない。麻有子はまるでだだっ子のような自分を持て余していた。


「森園さん、これを倉庫に運びたいんだけど、ちょっと手伝ってくれる？」

どんなに帰りたくなくても時間はどんどん過ぎていく。

終業時刻を過ぎてもなお帰ろうとしない麻有子を見て、克美は自分の机の横にあった段ボールを指さして言った。

周りの同僚たちは、こんなに具合が悪そうなのに、とでも言いたそうな目で克美を見た。ところが、克美はそんな視線などものともせず、箱をひとつ抱えるとさっさと歩き出した。慌てて麻有子も箱を持って後に続く。正恵が箱を運び込んだのは、事務所の先にある小さな倉庫だった。

「ありがとう。ここらにおいて」

克美の指示に従い、箱を倉庫の隅に収めた。中身は既に終わった企画展のパンフレットのようだ。ずっと机の横に置いていたし、今すぐ片付けなければならないほど邪魔になっていた様子もない。おそらく、麻有子と話すための口実だろう。

案の定、克美は倉庫のドアをパタンと閉めると、麻有子の顔を覗き込んだ。

「お母様となにかあったの？」

「……お見通しですね」

「こんなに具合が悪そうなのに机に齧《かじ》り付いてるんですもの。帰りたくないのは見え見え。葵ちゃんは学校に行ったはずだし、原因はお母様ぐらいしか思いつかないわ」

「そうですよね……」

「で、どうしたの？　とうとう真っ向からぶつかっちゃった？」

心配そうに訊ねられ、麻有子は昨夜の出来事の一部始終を克美に語った。

「覚悟はしていても、目を逸《そ》らしたい現実ってあるものね……」

積み上げた段ボール箱にもたれ、克美はそんな感想を漏らした。そして、それきり口をつぐむ。

確かにコメントしづらい話ではあるが、普段の克美ならなにか一言二言、麻有子が前向きになれるような言葉を添えてくれる。今日に限っての沈黙に戸惑いつつ、麻有子はさらに話を続けた。

「母がこちらに来ると言ったとき、私はたぶんちょっとは期待してたんだと思います。

一緒に住むことでもしかしたら私たちの間にある感情のもつれのようなものを解消できるのかもしれないって」

お互いに年を取り、麻有子は子どもを持った。母として、ときには厳しくせねばならないこともわかっている。かけ損ねたボタンを外し、正しい位置にかけ直すことができるのではないか、そうあってほしい、と無意識のうちに願っていた。だからこそ、昨日の母の話を聞いて打ちのめされたのではないか……

克美は依然として黙ったまま、麻有子の話を聞いている。実は彼女が、話しながら麻有子が自分の考えを整理していくのを待っていてくれたのだ、と気付いたのは、すべてを話し終えたあとだった。

「期待を裏切られたと思ったら、頭痛のひとつやふたつ起こしても無理はないわね。それがたとえ無意識なものであっても……」

「馬鹿ですよね、私も。何を今更、って自分でうんざりします」

「でも、不思議よね。お母様はどうして急にそんな話をなさったのかしら……」

「それは私が突っ込んでいろいろ訊いちゃったからでしょう」

これまで男の子を賞賛していた母の口から『やっぱり、女の子っていいものね』という言葉が出た。それをきっかけに母の心情に踏み込むような会話が始まったのだが、克美はその展開自体が不自然だ、今まで麻有子と母の間でそんなに話が続くことはなかったはずだ、と言う。

「話を切り上げるタイミングはいくらでもあったと思うわ。これまでだってそうやってきたはずだし」

『やっぱり、女の子っていいわね』のあと、これまで男の子を賞賛してきた理由を話すことぐらいはあるだろう。けれど、そのあと引き続き、過去のあれこれについて、しかも不育症云々についてまで語るなんて意外すぎる。これまで麻有子から聞いていた正恵像から大きくずれる行為だと、克美は感じたらしい。

「母の考えなんてわかりません。たぶん、自分が楽になりたかったんじゃないですか？」

姉妹を平等に扱わなかったのは事実だが、それには根拠がある。正恵は当時の状況や心情を伝えることで、贖罪《しょくざい》したかったのではないか。麻有子にはそうとしか思えなかった。

「なるほどね……。これまでは遠く離れてたから平気だったけど、今はそうじゃない。一緒に住む以上、ちょっとは仲良く暮らしたいってことかしら？」

「おそらく。本当に勝手ですよね。あれだけのことをしておいて、あれは仕方がないことだったんだから許してね、とでも言いたかったんでしょうか？　謝られたって許せるようなことじゃないのに」

「あら、お母様、謝られたの？」

「いえ……」

言われてみて気付いた。正恵はただ状況を説明しただけだ。『気の毒だ』とか『ひどいことをした』とは言ったけれど、謝ってはいないのだ。

「もしかしたら、もっと他に話したいことがあったのかもしれないわね。その上で、謝れるなら謝りたいって。でも、あなたの様子を見て諦めたってことはない？」

そこで麻有子ははっとした。確かに母は昨夜、麻有子に仕事に戻るように言った。だがその前に、ため息をついた。あれは克美の言うとおり、話半ばで中断せざるを得なくなったためだったのかもしれない。麻有子のこわばった表情が、母の意図を阻んだ。

そう考えると、あの肺が空っぽになりそうなため息の長さに納得がいった。

「辛いかもしれないけど、もう一度お母様の話を聞いてみたらどう？　それに、こんなことを言うのはあれだけど、人間って案外簡単にいなくなるものよ」

良きにつけ悪しきにつけ、親はいつまでもそこにいるものだと思いがちだ。けれど、別れは必ずやって来るし、突然ということもままある、と克美は正面から麻有子を見据えて言った。

その眼差しの強さに、麻有子はぎくりとする。もしや彼女は、母の病気について知っているのではないか、と思ってしまったのだ。もちろん、そんなはずはない。おそらく克美は、自分自身の親や舅《しゅうと》、姑《しゅうとめ》との別れを思い出し、麻有子に後悔してほしくないと思ってくれているのだろう。

さらに克美は、葵の心情にも触れた。

「あなたはもうこれでいいんだ、このままいくんだ、って言うかもしれないけど、あなたとお母様がそんな様子だと葵ちゃんもかわいそうよ」

子どもにとって両親の喧嘩というのは相当なストレスだ。特に、中学三年生にもなると、安易にどちらかに荷担する危険性もわきまえている。葵にとって、母と祖母の軋轢は夫婦喧嘩と同等のストレスではないか、と克美は心配した。

「きっと寝室のカーテンのことだって、なんとかお母様の居心地を良くしたい気持ちからでしょう？　それってたぶん、お母様の気持ちを和らげることであなたとの関係が良くなることを願ってだと思うの。もちろん、私の考えすぎかもしれないけど……」

「考えすぎじゃないと思います。きっと葵ならそう思ってくれると……」

「でしょう？　だったら、やっぱり葵ちゃんのためにも、もう一度お母様と話し合ってみるべきよ。受験で大変な時期なのに、よけいな心配をさせちゃいけないわ」

克美の言うとおりだ。麻有子は素直にそう感じた。

自分だけのことならかまわない。だが、母との不和が葵に影響を与えるとしたら、目を背けずに対処すべきだった。

「帰ったら、母と話をしてみます」

「それがいいわ。話の糸口を見つけるのが難しいかもしれないけど、そこはなんとか頑張って。なんなら葵ちゃんにも……」

「いえ、それこそあの子を巻き込むのはかわいそうですから自分でなんとかします」

「そう。じゃあ頑張って。支障なければまた話を聞かせてね」

そして克美は、段ボール箱にもたれていた身体を起こし、倉庫の出口に向かった。

確かに話の糸口を見つけるのは難しい。

こんなことなら昨夜、あんなふうに話を終えなければよかった。母が本当に言いたいことがあったのかどうかはわからない。けれどいったん打ち切った話を持ち出し、再びすべてを語る気にならせるのは至難の業のように思えた。

どんな言葉をかけようか、と迷いつつ帰宅した麻有子は、家に入ったとたん、台所から聞こえてくる声に驚かされた。

「葵ちゃん、胡麻はもうそれぐらいでいいわよ」

「あ、ほんと？　じゃあ……」

「擂《す》り鉢にあけて、粒がなくなるまで擂ってね」

「わかった。それにしてもうちに胡麻炒《い》り器があったなんてびっくり」

「麻有子が家を出たときに買ったんじゃないかしら。昔は、胡麻はたいてい家で炒ってたから」

話の内容から察するに、どうやら葵は胡麻を炒っていたらしい。そういえば、物入れの奥の方に突っ込んだきりの胡麻炒り器があった。母はそれを見つけ出し、葵に胡麻の炒り方を教えていたのだろう。

ただいま、と声をかけながら台所に入っていくと、葵が得意げに報告してくる。

「おかえり、お母さん。ほら、胡麻を炒ったんだよ！　すごくいい匂いでしょ！」

「ほんとね。いつもは炒り胡麻を買ってきちゃうから、こんな匂いは久しぶりだわ」

「家で炒るとこんなにいい匂いなんだね。びっくりしたよ。これならただの胡麻和えもすっごく美味《おい》しくなるよね」

葵は擂り粉木《こぎ》を手に熱弁を振るう。なんの胡麻和えを作るのだろうと思っていると、葵が訊ねる。

「胡瓜とほうれん草、どっちがいい？　あ、キャベツって手もあるけど」

胡瓜と聞いたとたん、指先にずきん、と痛みが走った。たとえ刻むのが葵であっても目にしたくない。隣に母がいる場所では特に……。母と胡瓜という組み合わせは、いつも以上に見えない棘を鋭くさせるような気がした。

今、葵が挙げた食材の中では胡瓜が一番簡単だ。他のふたつはあらかじめ茹《ゆ》でる必要がある。その面倒さがわかっていながら、麻有子は胡瓜を選ぶことは出来なかった。

「ほうれん草がいいかな。なんか青物を食べたい気分だから」

「了解。じゃあ……」

胡麻を擂り終えた葵が冷蔵庫に向かった。ところが野菜室を開けて、首を傾げる。

「あれ？　ほうれん草……あったと思ったんだけど」

「ほうれん草は一昨日《おととい》、バター炒めにしたでしょう？」

正恵の言葉に、あーそうだった、と葵は野菜室を閉めた。麻有子が、それならキャベツで、と言おうとした。とにかく胡瓜でさえなければ構わないのだ。だが、それより先に葵はエプロンを外し始めた。

「買ってくるよ」

「そこまでしなくていいわよ！　キャベツならあるでしょ？」

「でもお母さん、青物が食べたいんでしょ？　食べたいものは身体が欲しがってるものっていうじゃない。顔色があんまり良くないし、ほうれん草を食べたほうがいいよ」

外国のアニメキャラみたいに、いきなりほうれん草でパワーアップしたりはしないだろうけど、と笑いながら、葵は財布を手にする。

「でもなにも今から買い物に行かなくても、スーパーだってすぐそばってわけでもないのに……」

「大丈夫、走ればすぐだよ。たまには運動しないと」

このところ葵は、一日の大半を机に向かっている。おかげですっかり運動不足で体力も低下気味らしい。機会があれば運動して、学力だけでなく、体力的にも万全の態勢で受験に臨みたいという気持ちがあるのだろう。

「わかったわ。それならお願い」

「ＯＫ、じゃ、ちょっと行ってくるね！」

そう言うと、葵は元気よく出かけていった。

「本当に葵ちゃんは良い子ね」

葵を見送ったあと、正恵はしみじみそう言った。

麻有子は無言で頷きつつ、このままここにいるか、自室に戻るか迷う。

いつもなら問答無用で部屋に戻る。母とふたりきりになるのは極力避けたいからだ。けれど今は、気の重い話をさっさと片付けたい気持ちが大きい。なにより、もしも気まずい展開になったとしても、葵が帰ってくれれば話はそこで終わりになるはずだ。

麻有子は意を決して、母に話しかけた。

「ねえお母さん。お母さんがうちに来たのはお姉ちゃんだけのためだって言ったよね……」

……と麻有子は続けようとした。だが、正恵はそれを遮って口を開いた。

「鈴子のため『だけ』じゃない。他にも理由があったわ」

「どんな？」

正恵は、水を入れた鍋《なべ》をコンロにかける。おそらく、葵が帰ってきたらすぐにほうれん草を茹でられるようにと考えてのことだろう。

正恵はしばらく、鍋底についた細かい泡が浮き上がる様子を黙って見つめていたが、やがて顔を上げ、麻有子と目をあわせた。

「私がこちらに来れば、鈴子が助かる。そして私には、あなたと過ごす時間ができる」

「え……」

文字どおり絶句した麻有子に軽く頷きながら、正恵は理由について説明し始めた。

「最近、新聞でもテレビでも親と子どもの話題がたくさん出てるわ。いろんな例を見ているうちに、私があなたにしたことはこれなのかもしれない、って思うようになった。だって、あなたが子どものころ私がいった言葉が全部、言葉の暴力の例として出てきちゃうんだもの」

殴ったり蹴《け》ったりという力による虐待は知っていた。亡くなる子どもが多いことも……。けれど、その陰に身体に触れることなく、心だけをむしばむ虐待があり、その大半が躾という名目の下におこなわれている。その事実を知ったとき、正恵は足下が崩れ落ちるような気がしたという。

「私は勘違いしていた。お父さんみたいにならないように厳しく育てた。その結果、あなたは大学を出て、就職して、結婚して、子どもまでひとりで産んじゃった。途中でどんな言葉を使ってもそれは躾のためだし、私がいなければこの子は駄目になってた。この子が今あるのは私のおかげだって……」

結果だけしか見なかった。その過程でどれほど子どもが悩み、傷つき、苦しんだかなんて考えもしなかった、あるべき姿を押しつけながら、自分自身がやっていたのは人として最低のことだった、と正恵は絞り出すような声で言った。

「あなたはさっさと家を出ていって、極力家に戻らないようにしてた。子どもを産むときすら、東京を離れなかった。それ自体が証拠みたいなものだったわ。普通の親子ならあり得ないことだもの。それに気付いたら、いても立ってもいられなかった。だからここに来たの。あなたが家に寄りつかない以上、私が行くしかない。これは最後のチャンスかもしれない……」

麻有子は、母の口から不意に飛び出した『最後』という言葉に、ぎくりとせずにいられなかった。

もしかして母は、私が病気について知らされたことに気付いているのではないか。それで『最後』などという言葉を使うのでは……

返す言葉を見つけられずにいる麻有子に、正恵はふっと笑って言った。

「あなたは……お母さんの病気のことを知ってるわよね？」

真正面から訊ねられ、麻有子は反射的に頷いてしまった。しまったと思ったときには後の祭り。母は、それまで以上に諦めたような顔になった。

「そうだと思った」

「どうして気付いたの？」

「それまでうるさく家族を呼べって言ってた先生が、急に何も言わなくなったらおかしいと思うでしょ？　ああ、これは裏で連絡を取ったんだな、って。この個人情報がどうのこうのってうるさい時代によくぞまあ、って思ったわ」

「加藤先生だって悪気はなかったと思うけど」

「大丈夫、それはちゃんとわかってるわ。加藤先生はこのまま放っておいても、私は絶対家族に言わないと思ったんでしょうね。もしも何かあったときに、誰にも知らせていませんでした、じゃ、何を言われるかわからないし」

「別にそういうわけじゃ……」

「いいの。私も言い出しにくかったことは確かだもの」

鈴子に言ったところで動揺するだけだし、自分のことを快く思っていないに違いない麻有子に告げるのも、同情を買おうとしているようでためらわれた、と正恵は言った。

「市立病院の梶山先生に検査数値がよくないことは聞かされてたの。なにか隠れた病気がありそうだ、って。病院を移るにしても、ちゃんと調べてからのほうがいいって何度も言われたわ。でも、私は早くここに来たかった。だから、無理を言って退院したの。あなたが休みのうちにって」

「三が日なのに退院したのも、初診の日にいきなり検査をしたのもそのせいだったのね」

「そういうこと。梶山先生が加藤先生に頼んでくれて、初診の日に必要な検査は全部済ませられるようにしてくれたの。一度に済ませられたのはありがたかったけど、さすがにあの日は疲れたわ」

それなのに帰るなりうどんを作ってくれたのか……と麻有子は、母の体調など考えようともしなかった自分を反省した。

「あなたにしてみれば、気持ちが悪かったでしょうね。これまで散々ひどいことばかりしてきた私が、ここに来るなり、普通の母親ごっこを始めたんですもの」

七十を超えるまで、大した病気もなく生きてきた。けれど、脳梗塞《こうそく》の発作を体験し、別の病気まで見つかって、自分の人生はいつ終わっても不思議がないと悟った。

検査の結果は思ったより悪くなかったが、安心なんてできなかった。

麻有子たちの父親は、病気が見つかってから一年も経たずに世を去った。自分も同じ病気だ。明日にでも病気が進み始め、あっという間に別れの日が来てしまうかもしれない。そう思ったら、麻有子の眼差しの冷たさがしみじみ応えた。

今まで自分がしてきたことを考えたら当然だと思いつつも、なんとかならないかという気持ちが抑えきれなくなったそうだ。

「許してほしいなんて口に出すのはおこがましい。だから、せめてこれまでみたいなことは言うまい、今まで私が鈴子にしてきたこと、普通の母親が娘にしてあげるようなことをあなたにもしよう、って思ったの。こんなの自己満足に過ぎないってわかってても、私にはそれしかできなかった」

「もともと壊れてる関係だから今更どうなってもいいとは思わなかった？　お姉ちゃんたちとさえうまくいっていれば、それでいい。麻有子のことは諦めようって……」

「正直に言えば、何度も思った。あなたはとにかく私に関わりたくない様子だったし、目つきだって冷たいまま。でも、あなたと葵ちゃんを見て考えを変えたの。だって、葵ちゃんはすごく良い子なんだもの」

「え？」

鳩が豆鉄砲を食ったような顔になった麻有子を、正恵はくすりと笑う。正恵にこんな笑顔を向けられた記憶はない。私は麻有子だよ、お姉ちゃんじゃないよ、と言いたくなるほどだった。

麻有子の戸惑いの中、また正恵は話し始めた。

「葵ちゃんはとてもしっかりしてるし、家事もできる。たぶん学校の成績だって俊太や剛とは比べものにならないでしょう。それでいて、思い遣りも子どもらしさもちゃんとある。私にもいろいろ気遣いをしてくれた。あなたと私がどんな関係なのかわかってるだろうに……」

買い物に行くときは必ず、なにかいるものはないかと声をかけてくれる。この間、コンビニにデザートを買いに行ったときは、甘いものは胸焼けがすると言った自分に、これなら大丈夫そう、とわらび餅《もち》を買ってきてくれた。本当に優しい子だと、正恵は頰を緩めた。

「でも、お姉ちゃんは葵にもっとお母さんの相手をしてほしいって言ってたわ。お母さんもそう思ってたんじゃないの？」

「鈴子にちらっとそんな話をしたのは確か。だからこそ、あの子はあなたに電話をしたんでしょう。でもそれって、ずいぶん前のことなの」

正恵が鈴子に愚痴を言ったのは、まだこの家に来て間もないころのことだったそうだ。その後、日が経つにつれて葵の生活がわかってきて、無理な注文だと気付いたという。姉からの電話には若干タイムラグがあったのかもしれない。

「俊太たちと同じように考えたのが間違い。あの子たちは家の手伝いはもちろん、学校の宿題すらまともにやらないんだもの。居間でゲームばっかりしてるんだから、合間に生返事ぐらいできるわよね。葵ちゃんは一緒にいてくれる時間は短いけど、私のことをちゃんと考えてくれてる。それが、段々わかってきたの。何より嬉しかったのは、あなたと私の関係をこれ以上悪くしないように頑張ってくれたことよ」

「どういう意味？」

そこで正恵が話し始めたのは、葵が先般挑んでいたダイエットについてだった。

「あの子が急にダイエットを始めたとき、おかしいと思わなかった？」

葵はもともと太りやすい体質ではない。むしろ、羨ましいほど食べたものが身につかないタイプである。もちろん、急に体重が増えたなんてこともない。それなのに、いきなりダイエットを思いつくのはおかしいと思わなかったか、と正恵は問う。

確か、あのとき葵は、服が小さくなったとか、足が太いとか自分なりの理由をつけていた。だからこそ麻有子は、成長期や、ギリシャの彫像まで持ち出してそんな必要はないと説いたのだ。それがおかしいとは思わなかった。

「別に……思春期の娘によくある勘違いだと思ったけど？」

「そう……。でも、それ、本当は違ったの。葵ちゃんが痩《や》せなきゃと思ったのは、私がよけいなことを言ったからなのよ」

葵とはもう何年も会っていなかった。おそらく四、五年ぶりだろう。子どもなんて一年でずいぶん成長するのに、そんなに長い間会っていなかったら見間違うほどになる。

　葵が麻有子と一緒に迎えに来て、荷物を持ってくれたとき、正恵はついうっかり言ってしまったそうだ。

「何の気なしに、言っちゃったの。『葵ちゃん、大きくなったね、手も足もすごく太くなったし……』って。あの子は、ぎょっとしたように自分の手や足を見てたわ。自分の両手で足の太さを測ってみたり……。しまった、と思って慌てて『普通よ、あなたのお母さんもあなたぐらいのときはそれぐらいだった』とか付け足したんだけど、追い打ちになったみたい」

　これには麻有子も苦笑いするしかなかった。やはり母は母だ。何気ない言葉で見事に人を傷つける。今の台詞《せりふ》は葵と同時に麻有子まで撃ち抜くものだった。

「葵は身長は私に追いつきたいと思ってるけど、体重についてはそうじゃないの。昔の私みたいなんて言われたら焦るに決まってるわ」

「そうなんでしょうね……。とにかく、それで葵ちゃんはダイエットを始めたの。目に見えて食べる量を減らしたし、運動だって躍起になってやってた。でもあの子は、私のよけいな一言がきっかけだなんて、これっぽっちも言わなかった」

　言えば、また麻有子が正恵を悪く思う。だからあえてそれには触れなかったのだろう、と正恵は言った。

「あなたがいないとき、葵ちゃんは、あなたの話をたくさんしてくれるわ。聞いてるだけで、この子はお母さんが大好きなんだってわかる。本当に優しくて良い子……。昨日だって、寝付きが悪くなっていることにちゃんと気がついてくれて、窓から入ってくる灯りが気になるって言ったら、カーテンまで替えてくれた。あなたですら、気付かないことに……」

「ご、ごめんなさい」

慌てて謝った麻有子を見て、正恵はため息を吐いた。

「どうしてこういう言い方しかできないのかしら……自分でも本当に嫌になるわ。我が子相手にマウンティングなんて愚の骨頂。ずっとこんなことばっかりしてきたのね、私は」

――この人、マウンティングなんて言葉を知ってたんだ……

麻有子はぼんやりそんなことを考える。それはきっと、急激に方向転換した正恵の思考についていけないあまりの逃避だろう。漫画ならば余白に『誰、この人?』とでも、書き込みたいほどだった。

「あなたたちがとても羨ましかった。あなたと葵ちゃんの間には正しい信頼関係があるわ」

「正しいかどうかなんてわからないじゃない。何が正解なんて誰にも……」

親の性格、子どもの性格、その取り合わせ……子育てほど『ケースバイケース』という言葉が相応しいものはない。何が正しいかなんて、誰にも決められないと麻有子は思う。けれど、母は麻有子の言葉を遮って言う。

「正しいのよ。葵ちゃんはしっかりしてるけど、拗ねたり、ふくれたりもする。かと思ったら急に甘えたり……。あなたたちは、お互いに言いたいことを言い合ってる。あなたが私みたいにいちいちチェックせずに、いろいろなことを葵ちゃんに任せていたのも、葵ちゃんを信頼していたからよね？」

「あの子は、我が儘を言うこともあるけど、ちゃんと限度をわきまえてるのよ。だから、ひどいことにはならないって信じられたことは確かね」

「でしょう？　その信頼があなたと私の間にはなかった。あなたは、私に我が儘を言うことなんてなかったし、私はそれをいいことだと思い込んでた。ちゃんと躾がうまくいった結果だって満足してたの。実際は、あなたは私を恐れて萎縮《いしゅく》してただけだったのに」

誰かが誰かに甘えるのは、それが許されると信じられるからだ。

正恵は、意図的な失敗は言うまでもなく、どうしようもない失敗まで捕まえて麻有子を責めた。

あのころの麻有子は、とにかく正恵の機嫌を損ねないことだけを考えて生きていたようなものだ。そんな日常の中で、我が儘を言ったり、甘えたりしようなんて思うはずがない。

麻有子が正恵という存在に萎縮していたというのは、紛れもない事実である。けれど、それを語る母の表情はあまりに痛ましく、さすがに慰めずにいられなかった。

「私はそうだったかもしれない。でも、お姉ちゃんは違うでしょう？　お姉ちゃんはお母さんのこと大好きだったし」

「少なくとも鈴子との間は大丈夫。私も長年そう信じてきたわ。でも違ったの。鈴子は私に依存してただけ。結局、私はふたりとも育て間違えた。鈴子には飴ばかり、あなたには鞭《むち》ばかり……。だから、こんな風になってしまった。母親が私じゃなかったら、あなた、いいえ鈴子だってもっと幸せだったのかもしれない」

お母さんがこの人じゃなかったら——それは、子どものころ何度も考えたことだ。もしも、友だちの家みたいに優しくて物わかりのいいお母さんだったら。もしも、一日中家にいて、家事は全部やってくれて、おやつも手作りしてくれるようなお母さんだったら。もしも、多少厳しくても、姉妹を同じように扱ってくれるお母さんだったら。いや、きっと私のお母さんはこの人ではなくて、いつか本当のお母さんが迎えに来てくれるに違いない……

そう考えることで、せめてもの安らぎを得ようとしていたのである。

だが、成長するに従い、それもやめてしまった。どうやっても現実は変わらない。父とはそっくりで親子関係を疑う余地はないし、掃除をしているときに見つけてこっそり覗いてみた母子手帳にも、ちゃんと両親の名前が書かれていた。

結局、私はこの人の実の子だ。違う誰かが迎えに来る日なんてこない——

そう悟った日から、麻有子は想像の世界への逃避をやめた。より現実的な解決方法、どうすれば母から離れられるか、を探り始めたのだ。

進学を機に家を離れ、正恵との軋轢は消えた。経済的には大変だったが、気持ちの上では本当に楽になれた。だが、大人になった今、改めて考えてみるとあの苦しい生活を乗り切れたのは、やはり正恵のおかげなのかもしれない。まっとうしなければ、母に何を言われるかわからないという気持ちが心身の大変さを乗り越えさせてくれたし、少ない予算でやりくりできたのも、家事を厳しく仕込まれたからこそだ。

——悪いばかりの母親ではなかったのかもしれない……

ふとそんなことを考え、麻有子はぎょっとする。これまで、正恵のことはひどい母親、冷たい母親としか思ってこなかった。けれど、もしも正恵に育てられなかったら、今の自分はどうなっていただろう。生活のノウハウではなく、子どもを育てる上で、正恵が与えた影響は大きかった。

母のようになってはいけない。親の顔色を気にし、言いたいことも言えないような家庭にだけはしたくなかった。

ひとりで産むと決めたのは私だから、この子を幸せにする責任も私にある。この子が生まれた瞬間の感謝と感動を忘れずにいよう。ちゃんと信頼関係を築き、言いたいことを言い合い、間違っても自分と同じ思いだけは味わわせないようにしなければ……

それは、葵を産んだときに麻有子が心に誓ったことだ。麻有子が母となった瞬間——それは、正恵が反面教師として君臨した瞬間でもあった。

正恵は、父のようになってはいけないと口を酸っぱくして繰り返した。その結果、麻有子は、何よりも正恵のような母親になってはいけないと考えたのだから、ずいぶん皮肉な話だった。

そんなことを考えていると、正恵が不意に訊ねた。

「葵ちゃんは全然家事を嫌がらないわよね。むしろ楽しそうなときまであるぐらい。どうやったら、あんなふうになるのかしら?」

「特別なことはしてないと思う。ただ、家事は誰かがやらなきゃならないことだって教えたの。ご飯は作らなければ食べられないし、汚れたままの服を着つづけるのは気持ちが悪い。部屋も散らかしっぱなしだと、遊ぶスペースもないし、捜し物も見つけにくい。気持ちよく暮らすためには、家事は大事なことなんだって」

「私も同じようなことを言ったはずよね?」

そう言われて初めて気付いた。確かに今、口にしたのはすべて正恵の受け売りだ。

正恵は麻有子に、なぜ家事をしなければならないのかを口を酸っぱくして言い聞かせた。だが、彼女の場合はただそれだけ、家事の必要性を説いただけだった。

「同じことを、同じように言い聞かせたのに、結果がこんなに違うなんて……」

「同じじゃなかったのかもしれない。私にとって家事はいつも自分の仕事だった。だから、葵が手伝ってくれたらすごく嬉しかったし、感謝もした。出来なんて多少悪くても気にならなかった。あの子が手伝ってくれれば、それだけ自分の仕事が減るんだもの。

『ありがとう』の連発だったわ」

畳んだタオルの四隅が揃っていなくても気にしない。畳み方とタオルの機能は関係ない。

お皿に汚れが残っていても、それが裏なら咎《とが》めたりしない。お皿は一枚しかないわけじゃないのだから、別のお皿を使っておいて、その上で、もう一度やって見せた。麻有子がしっかり洗う姿を見て、葵は自分が表しか洗っていなかったことに気付いたし、次はちゃんと裏まで洗ってくれた。

もしかしたら、言葉で伝えたほうが簡単だったのかもしれない。けれど、小さかった葵にはやって見せたほうが早かったし、なにより、注意という名の叱責《しっせき》になりそうで恐かった。なにせ母はいつも注意と言いながらも、叱責していたのだから……

かくして麻有子は、葵がひとりでできるようになるまでずっと、ふたりで同じ作業をやった。

それは文字どおり『ふたりでやる』のであって、そばに張り付いていちいち文句を言ったり、丸投げしたくせにあとから全部をやり直させたりするやり方ではなかった。

さらに、家事をしている間はなるべく楽しい会話を心がけ、終われば必ず『ありがとう』や『助かったわ』という言葉を口にした。家事をするにあたって、葵には『これをやっておけば叱られない』ではなく、『これをやれば喜んでもらえる』と思ってほしかったのだ。

正恵は、麻有子の話を聞いてしばらく考え込んでいた。そして、はっとしたように言った。

「葵ちゃんはよく『ありがとう』って言葉を使うわ。あれはそのせいだったのね……」

この家に来てから正恵は、麻有子が行き届かない掃除や洗濯を中心に、家事を手伝ってくれている。帰宅した葵は、きれいになった部屋やきちんと畳まれた洗濯物を見るたびに、正恵に礼を言うそうだ。

「『お祖母ちゃん、やってくれたのね、本当にありがとう！』って、それは嬉しそうに言ってくれるのよ。あなたたちは本当によく『ありがとう』って言葉を使う。鈴子には、お礼なんて言われたことはなかった。あの子の家のことは、ほとんど私がやっていたようなものなのに」

「それはたぶん、お母さんがするのが当たり前だと思っていたからじゃない？」

鈴子にしても、頭の中では自分は主婦だと思っていただろう。けれど、結婚するまでずっと家事は母任せ、結婚してからでさえ頼り切り、自分の仕事とは考えていなかった。母の仕事を母がやっているという意識でいる限り、感謝の気持ちなど生まれるわけがなかった。

「でもあなたや葵ちゃんは違う。ふたりとも家事は自分の仕事だと思ってる。私が家事をすることであなたたちの負担が減る。だからこそ『ありがとう』って言葉が出てくるのね」

「そういうことだと思う。なにより、『ありがとう』って言われれば気持ちが良いでしょ？　『ありがとう』って言われて、怒り出す人はいないもの」

たとえそれが自分の仕事ではなくても、誰かがなにかをするたびに『ありがとう』とか、『お疲れ様』とかいうことで、円満な人間関係を保つことができる。それは、これまでの人生を通じて麻有子が体得した信念のようなものだった。

「確かにそのとおりかもしれない。あなたのようにしていたら、私とあなたとの関係も今みたいじゃなかったのかも」

麻有子と葵の関係を見、今、麻有子から話を聞いたことで、かつての自分がいかに麻有子の気持ちを考えていなかったか痛感した。大変な自分、かわいそうな自分に酔い、より弱い存在を虐げた。それが私のやったことだ、と正恵は肩を落とした。

「私は、お父さんへの鬱憤《うっぷん》をすべてあなたにぶつけてしまった。あなたがあの人に似ていることをいいことに、『あなたのためを思って』っていう錦の御旗を振りかざしたの。本当はあなたじゃなくて、自分のことしか考えてなかったのよ」

母の話を聞くうちに、麻有子はどんどんそんな気がしてきた。

――同じかもしれない。

正恵は麻有子に自分の夫を重ね、彼への感情を麻有子にぶつけたという。それは母親としてあってはならないことだし、世間体を重んじ、良き母であることに使命を燃やしていた正恵が自分の本心に気付いたら立ち直れなかったかもしれない。今ですら打ちのめされているのだから。

けれど、客観的に考えてみると実は麻有子のやったことも母と大差ない。母が麻有子の中に夫を見たように、麻有子もまた葵の中に彼女以外の人物を見ている。葵との関係が、母と自分のように歪んでしまわなかったのは、ただ単に麻有子が葵に投影した人物が、恨み辛みの対象ではなかったからだ。一歩間違えば、葵から、昔の自分のように冷たい目で見られた可能性だってあるのだ。

麻有子が葵の中に映した人物、それは麻有子自身だった。

子どものころ、母と過ごした日々は埋もれた棘となって今も指先に残る。日頃は意識下にあっても、ふとした拍子に鈍い痛みを伝えてくる。葵には、葵にだけはこんな痛みを感じてほしくない。

その一念で、良好な親子関係、何でも言い合え、わかり合える母と子を目指した。だが、それらはすべて本当に葵のためだったのか、と問われたとき、すんなり肯定できない自分がいる。

――私は葵を幸せにしたかった。その気持ちは嘘じゃないし、これからも変わることはない。でも、その底にあるのは、『私の代わり』に幸せになってという気持ちだ。私は葵を自分に見立て、幸せな子ども時代をやり直そうとしたに過ぎない。そうすることで、自分自身の薄汚い感情を覆い隠したかっただけだ。浮気をして去っていった夫を憎みきれなかったのもそのせいだ。葵は夫に似ている。もしも夫を憎めば、母と同じように彼を葵に重ねて虐げかねない。それでは葵は幸せになれないし、自分も救われない。暗い過去に囚《とら》われたまま、指先の鈍い痛みに耐えるだけの人生になってしまう。それが怖さに、私は夫を憎むことすらできずにいた……

あれほど嫌った、憎みすらした母に自分は似ている。それはあまりにも辛い現実だった。

麻有子は絶望に近い気持ちで呟いた。

「結局、お母さんと私は親子なのね……」

「え……？」

「『あなたのためを思って』を錦の御旗にしたのは、私も同じってこと。本当は自分のためでしかなかったのに……」

「麻有子……」

「それだって、考えようによってはお母さんのほうがマシかもしれない。厳しく躾けてもらったおかげで、ひとりで暮らすのも平気だったし、結婚してから家事に困ることもなかった。それに、自分で言うのはなんだけど、お料理の腕はいっぱしなのよ。葵の父親だって私の料理だけは気に入ってくれてた」

別れることになり、最後にとった食事は麻有子の手作りによるものだった。しかもそれは、元夫が望んだことでもある。彼は最後に食事がしたいと言った。我が儘だとはわかっているけれど、君の手料理が食べたいと……

そんなことを言われるなんて予想もしていなかったから、ろくな食材がなかった。白いご飯と味噌汁《みそしる》、冷凍してあった味噌漬けの魚を焼き、あり合わせの野菜を茹でて胡麻和えにした。最後に思いついて、出汁巻き玉子を添えたけれど、地味でどこにでもあるような料理だったと思う。それなのに、元夫はしみじみと言ったのだ。『うまいなあ……』と……

別れるにあたって最後に手料理を所望する。それほど、元夫は麻有子の料理を気に入ってくれていた。そして、料理は他の家事にもまして、正恵が力を入れて麻有子に教え込んだものだった。

「昔からお料理を褒められることは多かった。大学のときなんて、私の料理を食べたさに持ち寄りパーティーに呼ばれることは多かったし、洗濯や掃除のやり方を聞かれることもあった。おかげで友だちもたくさんできたわ」

家事を通じて友だちが増え、夫との別れもなんとか修羅場を逃れた。葵とも上手くやってこられた。それだけのノウハウを与えられたからだ。そう考えると、正恵による躾は、必ずしも悪いばかりではない。正恵と暮らしていた間は苦痛でしかなかった家事も、家から出たあとは役に立つことのほうがずっと多かったのだ。

「お母さんがくれたものはけっして小さくなかった。でも私は……」

私は葵に何もあげられない。自分が与えたと思っていたのは、すべて母からもらった物ばかり。

そう言って項垂《うなだ》れる麻有子を見て、正恵は小さく笑った。

「それこそ同じよ。お母さんだって、生まれつき何でもできたわけじゃない。私のお母さんに教えられたの」

「お祖母ちゃんに？　だって、お祖母ちゃんってあんまりお料理は得意じゃなかったじゃない」

得意じゃないというよりも、正恵の母は料理が下手だった。そもそも料理をすること自体が好きではなかったのかもしれない。たまに連れられていっても、出てくる食事はスーパーで買った総菜や店屋物が多く、祖母自身が作ったものなど滅多にお目にかかれなかった。温かい汁物が添えられたこともあったが、それすら母の味とは似ても似つかぬものだった。

それでもなお、正恵は譲らなかった。

「確かにお祖母ちゃんは、味付け自体は得意じゃなかった。私も小さいころから、よそのごはんのほうがずっと美味しいって思ってたわ。でも、下手だったのは味付けだけで、技術そのものはちゃんとあったのよ」

手早かったし、どこで覚えたのか食材の飾り切りも器用にこなした。盛り付けもそれは見事な物で、食べる前はどんなに美味しいだろうと誰もが思った。それなのに、いざ口にしてみると実に残念な味。お祖母ちゃんの七不思議のひとつとして、親族の語りぐさになっているそうだ。

「さすがに味付けまで見習おうとは思わなかったけど、お料理のやり方そのものはちゃんと教えてもらったわ。あなただって、私とまったく同じ献立、同じ味つけってわけじゃないでしょ？　家から出たあと覚えたお料理もあるはずよ」

教えられたことを元にして先に進む。教育と猿真似の違いはそこにある。あなたは私から教えられたそのままを葵ちゃんに伝えただけだと思っているかもしれないが、それは違う。自分はおでんに味噌はつけないし、ガーリックライスなんて作ったこともない。並んで同じお料理を作っても、まったく同じ味になることはない、と正恵は言った。

「大丈夫。あなたはちゃんと葵ちゃんに伝えるべきことを伝えてる。葵ちゃんは素直で朗らか、ちょっとしたことですぐに笑い出す子よ。ああいう風に育てたのはあなた。自分の子に思い詰めたような顔ばっかりさせてた私とは大違いだわ」

子どものころの我が子を思い出すとき、普通なら笑顔が浮かぶだろう。それなのに、自分の記憶にあるのは困ったような顔、あるいは泣き出しそうな顔の麻有子ばかり。きっとそれしか見てこなかった、笑顔になるようなことをしてやれなかったからだろう、と正恵はため息をついた。

「そういう意味で、同じじゃないと言われればそのとおりかもしれない。私はずっと自分以外を責めてた。鈴子が甘ったれなのが悪い。あなたが男の子じゃないのが悪い。お父さんがあんなに男の子を欲しがったのが悪い……そんなふうに思ってたの。自分だけが正しいと信じて、省みることなんてなかった」

そこで正恵は言葉を切り、まじまじと麻有子の顔を見つめたあと、ぽつりと呟いた。

「でもあなたは違う。葵ちゃんと話していても自分が間違ってたらちゃんと謝る。ちょっと自分を責めすぎるところがあるけど、それもたぶん、私のせいよね」

正恵はしきりに過去を悔いる。

麻有子は既に一人前の大人だ。それなりに収入のある仕事を持っているし、葵の親でもある。身体にしても、五十歳目前とはいえ、七十歳を超えた母との差は歴然としている。

にもかかわらず、麻有子は母を畏《おそ》れていた。彼女がこの家に来てからですら、常に、何かを責められるのではないか、叱られるのではないかとびくびくしていたのだ。それほど、正恵は圧倒的な存在だった。それなのに今、それほど正恵が恐いとは思えなかった。

正恵はもうそれ以上語ろうとはしなかった。長い間話し続けていたから、きっと疲れたのだろう。

「私だって悪いところはいっぱいある。お母さんだけが悪いんじゃない、って言ってあげられればいいのかもしれないけど、まだそこまでの気持ちにはなれない。でも、今日みたいに話ができたら、ちょっとずついいほうに行けるのかもしれない」

そう言うと、麻有子は踵《きびす》を返した。ところが、自分の部屋に戻ろうと階段に向かいかけたところに、葵が帰ってきた。

「お母さん、ごめん！　ほうれん草も小松菜もなかった！　やっぱり胡瓜でいい？」

「いいわよ。なんならお母さんが刻もうか？」

すんなりその言葉が出た。母は依然としてそこにいるにもかかわらず、胡瓜でいい、しかも自分が刻むと言えた自分が驚きだった。

だが葵は、帰宅したままの姿の麻有子を見て手を左右に振った。

「いいよ、いいよ。お母さん、着替えもまだじゃない。今までなにやってたのよ」

呆れたように言ったあと、葵はコンロの上の鍋を見て小さな声を上げた。

「ごめん、お祖母ちゃん！」

せっかく沸かしてくれたのに、と葵はしきりに謝っている。ほうれん草がいいと言ったのは自分だし、売り切れていたのも葵が悪いわけではない。麻有子は慌てて取りなした。

「葵のせいじゃないわ。あ、そうだ。まだ汁物は作ってないんでしょ？　それに使えばいいわ」

流し台に目を走らせると、塩をしたアジが置かれていた。どうやら今日の献立はアジの塩焼きと胡麻和えらしい。当然汁物を添えるべき献立だから、胡麻和えを作った後で作るつもりだったのだろう。

「そうだね。じゃあ、お味噌汁かお吸い物……。でも、なんかもうちょっとボリュームがほしいかな。焼き魚って美味しいけど、すぐにお腹が空いちゃうんだよね」

とはいえ、運動不足な上に食べすぎは致命傷だ、と親子で困っていると、正恵が声をかけてきた。

「春雨がいいよ」

「春雨？　お吸い物にするの？」

予想外の答えに、葵が食いつくように訊ねた。

「鶏ガラスープで野菜をさっと煮込んで、春雨を一摑《つか》み入れるの」

「へえ、美味しそう！」

「じゃあ、それにしましょう。私が作るわ」

そう言うと、正恵は乾物が入っている棚から春雨を取り出した。続いて冷蔵庫から大根や人参を出し、洗い始める。胡瓜を刻み始めた葵と言葉を交わしては、にっこり笑う。正恵がこんなふうに笑いながら台所に立っている記憶は、麻有子にはない。たとえ相手が孫の葵だとしても、以前では考えられないことだった。

――この人は本当に変わろうとしているのかもしれない。あれだけのことをしておいて、しかもそれが虐待だったと認めているにもかかわらず、私との関係をなんとかしたいと思うなんて虫が良すぎるし、何を今更と思う。それでも、こうやって過去を悔いて項垂れる人を蹴りつけるような真似はできない。なにかを求めて拒まれる辛さは、誰よりも私が知っている。相手が誰であっても、同じ思いをしてほしくはない。なにより、結局私たちは同じ穴の狢《むじな》かもしれない。

おそらく正恵の態度が変化したことで、自分の感情も変わったのだろう。だからこそ、胡瓜でいいと言えた。先がないかもしれない、という思いが過去のすべてに蓋《ふた》をしている可能性もある。だが、それならそれでいいと思ってしまう自分がいた。

たとえそれが母に刷り込まれたものであっても、私は人としてあるべき姿を守って生きてきた。

母や姉と絶縁できなかったのもそのせいだ。自分の気持ちを無理やり押し込めてでも、人の道に外れるまいと頑張ってきたのである。それならいっそ、最後の最後まで、あるべき姿をまっとうすべきではないか。

私は両親、特に母のようになりたくなくて必死だったけれど、葵には同じように思ってほしくない。お母さんのような親になりたい――その言葉こそが、母としての勲章だ。葵にそう言ってもらえるかどうかは、これからの生き方にかかっているのだろう。

すとん、すとん、すとん、すとん……

包丁とまな板は、今日も絶え間ないリズムを刻む。

葵が胡瓜を刻む横で、母はコンロに向かっている。手元は見えないがおそらく春雨を茹でているのだろう。

母の笑い声が聞こえてくる。きっと葵がなにか面白いことを言ったに違いない。彼女は人の気持ちを和ませるのが得意だ。なにかで怒っていても、葵と話しているとついつい笑ってしまうことも多い。たとえ当の葵に腹を立てていても、である。

和やかに笑い合う母と娘――それはかつて、麻有子が憧《あこが》れて止まなかった風景だ。

今、その風景を作り出しているのは自分ではなく、母と葵だ。けれど、いつか自分自身があの風景に入り込みたい。そんな気持ちがこみ上げてくる。

たとえ親子であっても、心地よい関係はお互いの努力なしには作れない。時間だって必要だ。

麻有子は常に忙しかったし、育つにつれて葵自身も時間がなくなっていった。それでもふたりは、様々な言葉を交わし、今の関係を作ってきた。主に、この台所という場所で……

もしかしたらこの場所を通じて、正恵との関係も作り直せるのではないか。きっと、葵もそれを助けてくれるだろう。

楽しそうに夕食を作るふたりの姿に、麻有子は微《かす》かな希望を感じていた。

本書は、二〇一八年八月に小社より単行本として刊行されました。

向日葵《ひまわり》のある台所《だいどころ》

秋川滝美《あきかわたきみ》

令和2年 10月25日　初版発行
令和6年 2月5日　5版発行

発行者●山下直久

発行●株式会社KADOKAWA
〒102-8177　東京都千代田区富士見2-13-3
電話　0570-002-301（ナビダイヤル）

角川文庫 22379

印刷所●株式会社KADOKAWA
製本所●株式会社KADOKAWA

表紙画●和田三造

●お問い合わせ
https://www.kadokawa.co.jp/（「お問い合わせ」へお進みください）
※内容によっては、お答えできない場合があります。
※サポートは日本国内のみとさせていただきます。
※Japanese text only

ISBN 978-4-04-109981-0　C0193

◆◇◇

角川文庫発刊に際して

角川源義

第二次世界大戦の敗北は、軍事力の敗北であった以上に、私たちの若い文化力の敗退であった。私たちの文化が戦争に対して如何に無力であり、単なるあだ花に過ぎなかったかを、私たちは身を以て体験し痛感した。西洋近代文化の摂取にとって、明治以後八十年の歳月は決して短かすぎたとは言えない。にもかかわらず、近代文化の伝統を確立し、自由な批判と柔軟な良識に富む文化層として自らを形成することに私たちは失敗して来た。そしてこれは、各層への文化の普及滲透を任務とする出版人の責任でもあった。

一九四五年以来、私たちは再び振出しに戻り、第一歩から踏み出すことを余儀なくされた。これは大きな不幸ではあるが、反面、これまでの混沌・未熟・歪曲の中にあった我が国の文化に秩序と確たる基礎を齎らすためには絶好の機会でもある。角川書店は、このような祖国の文化的危機にあたり、微力をも顧みず再建の礎石たるべき抱負と決意とをもって出発したが、ここに創立以来の念願を果すべく角川文庫を発刊する。これまで刊行されたあらゆる全集叢書文庫類の長所と短所とを検討し、古今東西の不朽の典籍を、良心的編集のもとに、廉価に、そして書架にふさわしい美本として、多くのひとびとに提供しようとする。しかし私たちは徒らに百科全書的な知識のジレッタントを作ることを目的とせず、あくまで祖国の文化に秩序と再建への道を示し、この文庫を角川書店の栄ある事業として、今後永久に継続発展せしめ、学芸と教養との殿堂として大成せんことを期したい。多くの読書子の愛情ある忠言と支持とによって、この希望と抱負とを完遂せしめられんことを願う。

一九四九年五月三日

角川文庫ベストセラー

これからお祈りにいきます　津村記久子

人がたのはりぼてに神様に取られたくない物をめいめいが工作して入れるという、奇祭の風習がある町に生まれ育ったシゲル。祭嫌いの彼が、誰かのために祈る――。不器用な私たちのまっすぐな祈りの物語。

ふちなしのかがみ　辻村深月

冬也に一目惚れした加奈子は、恋の行方を知りたくて禁断の占いに手を出してしまう。鏡の前に蠟燭を並べ、向こうを見ると――子どもの頃、誰もが覗き込んだ異界への扉を、青春ミステリの旗手が鮮やかに描く。

本日は大安なり　辻村深月

企みを胸に秘めた美人双子姉妹、プランナーを困らせるクレーマー新婦、新婦に重大な事実を告げられないまま、結婚式当日を迎えた新郎……。人気結婚式場の一日を舞台に人生の悲喜こもごもをすくい取る。

悲歌　中山可穂

音楽家の忘れ形見と愛弟子の報われぬ恋「蟬丸」。隅田川心中した少女とその父の後日譚「隅田川」。変死した作家の凄絶な愛「定家」。能に材を採り、狂おしく痛切な愛のかたちを浮かび上がらせる現代能楽集。

愛の国　中山可穂

満開の桜の下の墓地で行き倒れたひとりの天使――。昏い時代の波に抗い鮮烈な愛の記憶を胸に、王寺ミチルはスペインの聖地を目指す。愛と憎しみを孕む魂の長い旅路を描く恋愛小説の金字塔！